文芸社セレクション

粉ミルク

那木 馨
NAGI Kaoru

文芸社

朝八時過ぎ。本庄愛理はもぞもぞと目を覚ました。とても怖い夢を見ていた気がする。ひどく寝汗をかいていた。パジャマの裾がめくりあがり、足とシーツが張り付いている。身体を起こすと、引き剝がされるカビの根のようにシーツが身体から剝がれていった。

まだ頭がぼんやりしている。見ていた夢がとてもリアルで確かな感触があった。今の自分と目を開けるまでの自分。どちらが正しいのか分からなくなるほどの夢だった。内容を思い返そうとしてみたが、不思議なくらい綺麗さっぱり忘れていた。あんなに生々しかった感覚が嘘のようだ。

重苦しい頭を捻って周囲に目を向けた。カーテンの隙間から外の光が薄く漏れている。床に脱ぎ捨てられた服。本棚に戻されない漫画。ベッドから落ちたクッション。机の上で開かれた参考書。見慣れた間取りの部屋。何もかも、昨晩最後に見た光景から一ミリたりとも変化していない。今の自分が現実であることを理解した。相も変わらない自分が今日も始まる。散らかった部屋をなるべく見なくて済むよう目を逸らした。愛理は大学受験に失敗した浪人生だ。この春から親に決められた予備校に通っている。高校生を終えた後、学生にも社会人にもなれなかった愛理の朝は普通の人より遅めに始まる。愛理が起きる時にはすでに太陽の光が明るく街を照らし、外では通勤通学に急ぐ人達が行きかっている。

愛理は立ち上がり、カーテンを開けて部屋に光を入れ込んだ。それと同時に外の音が聞こえてきた。車のエンジン音、子供の無邪気で大きな声、ガチャガチャと揺れるランドセルの音、自転車のブレーキ音、人々の話し声。他の人が慌ただしく活動するなか、自分の時間だけがゆったりと流れている。まとまりのないざわめきを静かに聞いていると、庶民の生活を眺める貴族にでもなった気になる。

街の音に耳を傾けていると、下の階から物音が聞こえてきた。愛理は閉じていた目を開けた。普段なら愛理が起きる頃には、両親は仕事に出かけていて家の中には誰も居ない。しかしこの日は時間が早かったようだ。寝つきの悪い夢を見たせいかもしれない。まだ人が居る気配がした。

部屋から出てリビングに下りていくと、母親が朝の支度に追われていた。朝食用の食器を片付けようと運ぶ途中で愛理の存在に気が付いた。

「あら、早いじゃない。お母さんお化粧もまだ終わってないのよ？」

母親はリビングの壁にかけられた時計を確認した。

「別に。目が覚めただけ」

目の前を母親が横切るのを待ってキッチンへ向かった。

お皿の上に食パンを載せ、コップに牛乳を注いでテーブルに運んだ。誰も居ない時は一番テレビが見やすい位置に座るのが愛理のルールだ。だがその椅子には母親のハンドバッグが置いてある。仕方なく対角線にある端の椅子に座った。

食パンをかじりながら、出来るだけ早く母親が出かけてくれることを祈った。愛理が一番安らげるのは、誰も居なくなった空っぽの家だけだ。一人での留守番ほど気楽なものはない。すべての物が動かず、空気が止まった家。家電の低い音と、時計の秒針だけが規則正しく部屋に響く。余分なものが何もない静けさに自由を感じることができた。幼い頃はそれが心細かったり緊張もしたが、それも最初のうちだけで、徐々に一人を満喫する術を覚えていった。

反対に家の中に誰かが居ると人も物も騒がしい。嫌でもお互いのことが視界に入る。成長するにつれて、その煩わしさは増していった。笑って団欒に参加する気にもなれず、自然と、家族が家に居る時は自室で息を潜めていることが多くなった。父親に至っては、最後に顔を見たのがいつだったかも思い出せない。

コップに口を付け牛乳と一緒に、もっとぎりぎりまで寝ていれば良かったという後悔を喉に流し込んだ。母親は鏡の前で化粧を始めた。キスができそうな近さで鏡を覗き込んで、何かを顔に塗りこんでいる。鏡と顔の距離が近くなるのに比例して、年々母親の化粧が濃くなっていることに愛理は気が付いていた。

「何よその言い方。どうせ夜寒かったんでしょ。変に我慢して風邪ひいたら馬鹿らしいわよ。暖かい毛布出しておいてあげるから、それ使いなさい。いいわね」

化粧の手を止め、愛理の様子を窺った。娘のやせ我慢を暴いてやらなくては、と言わんばかりの冴えた視線を感じる。愛理は目の前の食パンに集中することで母親の視線を強引に無視した。

「いらない。ほんとに目が覚めただけ」

「いいから、悪いこと言わないから使っておきなさい」

母親は鏡に向き直り、化粧を再開した。マスカラを塗っている最中も時折、鏡越しに愛理の様子を盗み見ている。

「寒くないってば」

「言う通りにしなさい。いつも風邪ひくんだからしっかり予防しなさい」

化粧を終えた母親は着替えを始めた。腕を通そうとしているブラウスは、数年前から何度も見ているものだ。薄い茶色のサテン生地に身を包んだ背中は、昔より明らかに締まりなく弛んでいる。母親と骨格の作りが同じなだけに、自分の将来の体型が心配になる。

「大丈夫だって」愛理は無意識のうちに眉をひそめた。

「なあにその顔。心配して言ってあげてるんでしょ」

母親は化粧ポーチの中をせわしなく漁った。

言ってあげている？　ゆっくりとパンを咀嚼しながら愛理は考えた。なら私だって、大丈夫だ、と言ってあげているじゃないか。どこからそんな自信満々で、上から目線の発想が出てくるのだろう。人の話が聞こえていないのだろうか。一方的な言い分に辟易する。

母親だけに限ったことではない。

愛理の家族は、両親と兄の四人家族だ。兄は大学進学を機に家を出て一人暮らしを始め、今は愛理と両親の三人で暮らしている。表向きにはなんの問題もないが、だからと言って仲睦まじい家族とは言い難かった。

　父親は酒に酔うたび、腹に響くドスの利いた声で呻いた。一度酔うと話の流れに脈絡がなくなっていく。黙ってお酒を飲んでいたかと思えば、急に口を開き、一人で話し出しては勝手にどんどん口調が荒くなっていく。突拍子もない話題を周りに振り撒いては、嵐のようにその場をかき乱す。

　中でもお気に入りなのが、子供達の学校の成績の話題だ。この話題が始まると、食事の途中だろうと関係なく、お酒を飲みながら成績表のチェックを始めた。父親の納得するような成績でないと一気に機嫌が悪くなる。時には成績表を片手に、子供が泣きじゃくるまで怒鳴り散らす。そうして、酔って赤らんだ顔で、文字通り勉学を「叩きこむ」のが父親の教育だ。

　愛理は成績が特別悪いわけではないが平均より少し上位をキープするのが限界だ。兄はいつも隠れてゲームばかりするくせに、要領よく上位をキープしている。たとえ百点をとっても褒められはしないが、点数が悪い時は叱りつけられる。怒鳴られながら、父親の機嫌が落ち着くまで、ひたすら頭を下げて謝り続け、反省したフリでやり過ごすしかなかった。頭を下げてこっそりと見上げた父親の表情は満足そうに微笑んでいた。愛理の反省している素振りは、父親にとって、とても清く正しく美しい行為だったのだろう。その表情を見ながら自分は一体なんのために頭を下げているのか疑問に思ったのを覚えている。

外出中に両親が喧嘩した時は、運転している母親の頭を父親が助手席から叩いたこともあった。叩かれた反動で母親の身体が傾き車体がふらついた。まだ小さかった愛理には、目の前で行われていることを正しく理解できていなかった。ただ、何か恐ろしいことが起こっている空気を感じた。助けを求めて見上げた隣の兄は、我関せずという無表情さで車の外を眺めていた。

そんな兄も、歯向かえば容赦がなかった。兄妹喧嘩をすれば、マウントを取られて渾身の力で頬を抓られた。痛みに泣き喚く愛理を見た母親はいつも「ほどほどにしなさい」と兄をたしなめるだけだった。ようやく解放された時には愛理の頬が真っ赤になっていた。兄妹喧嘩は毎回、力で勝てない愛理の負けだった。

愛理にとってはいい思い出が無くとも、愛理以外の三人は、自分達を仲のいい家族だと思っているらしかった。愛理にとってはそれは、不思議でならないことだった。

食パンを食べ終えた愛理は空の食器をシンクに運んだ。シンクの中には、すでに使い終わった食器が放置され、卵の黄色いシミが乾いてこびりついていた。

「ちょっと、もう終わり？」

母親がキッチンにやってきた。抜け目なく愛理の質素な食事を見抜いていたようだ。

「もういい、ご馳走様」

「ちゃんと食べなさい。果物もヨーグルトもあるから」

愛理が断る間もなく、冷蔵庫を開けてバナナとヨーグルトを取り出した。横を通りすぎた母親からは体臭と化粧の混じった『女性』の匂いがした。体温で温められたその匂いは、お世辞にも食事時に嗅いで気分がいいものではない。

「そんなに食べられないよ」

「食べないと動けないのよ。朝ご飯抜いてもダイエットにならないんだから。予備校で頭使うんだからちゃんと食べて行きなさい」

母親は冷蔵庫から卵も取り出そうとしている。

「ちょっと、ほんといいって」

愛理は母親から卵を取りあげ冷蔵庫に戻した。

「だめよ、ちゃんと食べなさい」

卵を取り上げられた母親は今度はバナナを切り始めた。

「朝からそんなに食べたくないよ」

「ちょっとでもいいから食べなさい。ほら、美味しいんだから」

バナナを切り、ヨーグルトとイチゴジャムを合わせてテーブルに無造作に置いた。

その強引さに愛理は強い苛立ちを覚えたが表情に出さないように堪えた。ここで感情的に反発してもいいことが無いのは、今までの経験で学習している。我慢しても嫌な気持ちが無くなるわけではないが、少なくともこれ以上不快な思いをせず、話を早く終わらせることはできる。

「……分かったよ。分かったから……後で食べるよ」

「もう行くから、しっかり食べるのよ」

思った通り母親は話を切り上げ、バッグを手に取りリビングを出ていった。玄関の扉が閉まる音がすると、打って変わって部屋の中に静寂が広がった。愛理はようやく訪れた朝の静けさにしっかりと耳を澄ませた。空間の穏やかさと同時に心も平静を取り戻していく。

気を取り直した愛理はヨーグルトとバナナの入った器を手に取った。キッチンへ行きごみ箱の蓋を開け、中身はすべてその中に捨てた。母親にはああ言ったが、初めから食べる気はない。

洗面所で歯を磨いて顔を洗った。奥二重の目、薄い唇、上がりも下がりもしない平行な眉。注目を集めるほど美人でも、振り返られるほどの不細工でもない。どこにでも転がっている顔。いい加減見飽きた顔だ。自分の顔を定期的に好きなパーツと入れ替えたくなる。

鏡の横に添えられた時計が、予備校へ出かける時間が迫っていることを示している。親に勝手に決められた予備校など本当は通いたいわけではない。しかし、日々の穏やかな生活を手に入れるためには仕方ない。勝手に休んで親に連絡がいき、面倒なことになるのを避けるためだ。通わなくて済むならば迷わずそうするだろう。

肩下まで伸びた黒髪を手櫛で一つにまとめ、床に落ちていたグレーのパーカーにゆるいジーパンを穿き、黒のリュックを背負った。

予備校までは自転車で十五分程度。線路脇の道を進み駅前まで行くと、右に曲がる道がある。曲がった先の道沿いに建っているビルが予備校の校舎だ。ビル全体が予備校として使われていて大きな看板が出ている。市内では知名度のある予備校で、付近の学校の現役高校生も、愛理と同じような浪人生も通っている。

校舎に近づくにつれ、ビルへ向かっていく同世代の青年達が増えていった。私服を着ていたり制服を着ていたり、一人だったりグループだったり様々だ。その群れのなかを走り抜け、自転車を停めるため、ビルの裏手にある地下駐輪場へと下りていった。

地下の駐輪場は洞窟のような場所になっている。蛍光灯がコンクリートの壁をぼんやりと照らし、タイヤの音や人の足音がよく響く。天井には何かの配管がむき出しになり、いろんな方向に張り巡らされている。駐輪スペースの入口には、小さな管理小屋がある。コンクリートむき出しの四畳ほどの狭い部屋。中には防犯カメラ用のモニターと机に椅子、それと細々した小物が雑に置かれている。

地下にできたその小さな城にはいつも、一人の中年の女性が座っていた。贅肉のついた肉厚の背中をこちらに向け、ゴムボールのような丸いシルエットを作っている。いつ見ても小さい古いテレビでお昼のワイドショーを微動だにせず見ていた。本来の業務は気にしていないようだ。防犯カメラのモニターはチェックしていないし、生徒が自転車を置きに来ても誰が来たのかさえ見ていない。お昼時には持参した弁当を一人食べているのを目撃したことがある。口数も少なく、予備校生の間では誰もその声を聞いた者はいないという噂が広まっていた。

愛理は、この駐輪場の主が密かに気になっていた。誰とも話さず、心乱されない、自分だけの空間に居られる人。それは誰も居ない静かな家と重なって見えた。いつか自分もこんな風に、侘しくとも心穏やかに自由な暮らしをしたいと思っていた。実際、管理室の主は半ば職務放棄がてら好き勝手に過ごしている。苦労やストレスとは無縁そうだ。自分もそうなれたらどんなにいいか、と羨ましく思う。そのためなら、予備校の生徒達にどんな噂をされても甘んじて受け入れられる。

管理室を横目に見ながら、決められた位置に自転車を停めた。駐輪場の隅に設置された階段を使って一階に上ると白を基調とした吹き抜けのホールに出た。南向きの壁は全面ガラス張りになっている。光を存分に取り込めるように設計されたのだろうが、たまに鳥がぶつかるという問題も生じていた。

朝の光を受けながら沢山の生徒が教室へ向かってゲートを通っていく。足音や話し声が複雑に絡み合っている。あちこちで立ち止まって雑談をしている集団の間を器用にすり抜け、IDカードを使って入口のゲートを通った。話しかけられることもないので足止めをされることもない。一人エレベーターを待って四階に上がった。一階と同じ白の廊下を右手に進み突き当たりの教室が愛理の教室だ。

教室では他の生徒達が授業の開始を待って思い思いに過ごしていた。この予備校では席順は決められていない。それぞれが好きな場所に座ることができる。一番後ろの窓側、いつもの席に向かおうとした時、愛理のお気に入りの席はすでに占拠されていた。腰まで届きそうな長い茶髪をゆらつかせ、小柄な女生徒が机の上に腰かけていた。同じクラスの宇佐美優衣だ。

彼女は愛理に話しかけてくる数少ない知り合いだ。愛理と同じように浪人生としてこの予備校に通っている。予備校に通い始めた頃たまたま近くに座って以来、頻繁に愛理に声をかけてくるようになった。何が気に入られたのかは分からないが、気が付くと初対面のうちにメッセージアプリのアカウントも交換させられていた。仲良くしてくれる気持ちは有難いが、正直苦手なタイプだった。「天真爛漫」という言葉がぴったり似合いそうな、周囲に無頓着なまでの明るさが何故か鼻についた。

しかし、いくら苦手な相手だったとしても教室の席順くらいで喧嘩を売るほど考えなしでもない。残念だけど別の席を探そうと思った矢先、優衣が振り返った。

「あ、エリ！　おはよぉ」

独特な鼻にかかる甘えた声だ。名指しで声をかけられたら反応せざるを得ない。今初めて気が付いたように装って挨拶をした。

「あ、おはよう」

「エリ、この席じゃなくていいのぉ？　いつもここでしょ？」

優衣は不思議そうに首をかしげた。

「……そこ座ってるんじゃないの？」

「あ、ごめーん。違うの、いいのいいの！　エリが来るの待ってたんだよぉ」

優衣が飛び跳ねるように机から下りた。ひざ丈のスカートが揺らめいて膝小僧がちらりと覗いた。色白の肌がそこだけほんのりと赤く、きめ細やかで噛み応えが良さそうで、熟す前の桃を思わせる。歯を立てて、その味を試してみたいと思った。

「……何か用だった？」

荷物を特等席に下ろして愛理は椅子に座った。正直、面倒ごとに巻き込むのは止めて欲しい。

「う〜ん、えっとね。今日ねぇ……予備校終わったら、話したいことあってぇ」

優衣は髪を指に巻いていじりだした。話し方に、妙に違和感のある間を含んでいる。こう言えば察してくれるよね、という意図を感じた。こういう時の女子の話には、大抵いいことがない。かといって、はっきりと断って心証を悪くするのも後々厄介なことになる。

頭の中で二つを天秤にかけ、誘いに乗ることにした。

「うん。大丈夫だけど」

「ほんと？　良かったぁ！　新しくできたカフェに行きたい！」

優衣は手を合わせて喜んだ。

「いいよ、別に」

優衣の顔も見ず、はいしゃいだ様子は無視して簡潔に答えた。気乗りしないという些細な意思表示と、愛理なりの抵抗のつもりだった。

「パンケーキが人気でねっ、休みの日は凄く並ぶお店なんだぁ」

優衣は明るい声で続けた。どうやら愛理の抵抗には気付いていないようだ。

「そうなんだ……いいね、楽しみ」

無理矢理筋肉を動かして作った笑顔は、自分でもぎこちなく感じた。

「えへへ、じゃあ、後で待ち合わせね！」

愛理の腹の内など勘繰ることのない笑顔で、優衣は一番前の自分の席へと戻って行った。何が待ち受けているのか不安に思いながら、愛理は一コマ目の授業の参考書を用意した。

意味ありげな女子の話にはいい思い出が無い。中学生の時クラスの女子から悩み事を相談をされ、対応を間違えてその相手から無視されるようになってしまった。必死に相槌を打ちながら話を聞いていたはずなのに、気が付けば話題は愛理への質問に変わっていき、恋愛の話や普段の生活など、愛理のことを根掘り葉掘り聞かれた。答える度に、相手から求めてもいない批評を受けることに疲れ、途中で用事があると言って愛理は帰った。相手はそれが気に入らなかったらしく、次の日から話しかけても返事をしてくれなくなってしまった。その時、人生で初めての『シカト』を経験した。その一件以来、愛理は学んだのだ。

同性からの相談とは、望んでいようとなかろうと相手の秘密を打ち明けられ、それに対して相手を否定することは許されない。親身な態度をもって、同情しなければならず、秘密死守の暗黙のルールもある。聞き役だけならまだしも、当然の流れようにこちらのことにまで首を突っ込んで質問をしてくる。先に自分のことを暴露しているため、こちらが話をしないことは相手への裏切りとみなされる。自分のことを打ち明けて、相手のことを暴く。この流れが手を変え品を変え、様々な話題で繰り返される。将来の話、恋人の話、ちょっと浮いてるクラスメイトの話。日常的によく交わされる話題だとしても、頼んでもないのにこちらを詮索されるのは不愉快だった。こちらの答えを求めるくせに、本音を話して無様に場をしらけさせることも許してはくれない。理不尽極まりないが、日常の人間関係を円滑に進めるためには、こうしたコミュニケーションも喜んでいる素振りをしなければならない。女性はそうして、相手がどれだけ自分を信頼しているかを見極めているのだ。それに応えないことは女性社会で生きていけなくなることに繋がる。

午前の授業が終わり昼休みの時間になった。弾むような雑音がビル全体に響きだした。愛理のクラスでも、それぞれが仲間同士で集まっていく。小さな集合体が形成されていくのは、スライムが集まるのと似ている。

愛理はどの群れにも属さない。愛理お気に入りの特等席はこんな昼休みにも役立つ。同級生達が群れを作るなか、愛理は端の席で一人イヤホンを取り出した。携帯で動画を再生し、コンビニで十円引きされていたおにぎりを頬張る。このスタイルが一番落ち着く。隅の席は一人でいることが目立たないし、一人のご飯を後ろから指さされることもない。傍の窓からは太陽の光も風も入ってくる。話を盛り上げようとするエネルギーも気遣いも不要でのびのびと休息できる。食事に集中してちゃんと味わえば、コンビニのおにぎりも美味しく味わえる。愛理は音をさせて海苔を嚙みちぎった。

ツナマヨと白米のハーモニーを感じながら、視線を教室内に巡らせた。教室の前方では、見るからに華奢な女子が、同じグループの他の女子にペースを合わせてせわしなく箸と口を動かしている。その斜め後ろでは、おふざけキャラの男子が集まったグループが、片手に持ったコッペパンを押しつぶし、体積を減らそうとやっきになっている。虐げられたコッペパンは潰れすぎて中に塗られたチョコが脇から溢れている。廊下側では、魔術師のようなオーラを放った女子が二人、無言で携帯をいじり、机の上に置かれたお菓子の山を時折つまんでいた。

もともと勉強を目的に来ている人がほとんどのため、他人と群れたがらない人も少なくない。一人でご飯を食べていること自体は珍しくはないが、ただ、周りから見るとやはり孤独な食事は哀れみを誘うことも事実だ。駐輪場の主の丸まった背中が思い出される。だからこそ、周りの視線を気にせずにいられるポジションを確保する必要がある。一人でご飯を食べる人は皆、個々にこだわりのポジションがある。お互いにテリトリーを侵さない無言の配慮システムを会得すれば、晴れて立派なぼっち飯愛好家だ。

おにぎりを食べ終わると、窓の外に広がる景色を眺めた。空の青が瑞々しく澄んでいる。再生したミュージックビデオがラスサビを迎えようとしたところで、予備校の予鈴が愛理を現実に引き戻した。

※

午後の授業が終わった十七時半。愛理は一人教室に残っていた。他の生徒はとっくに帰ってしまっている。授業が終わった後即座に教室を出て行ったきり、優衣の姿が見えない。連絡も来ていなければ、優衣が座っていた机に鞄も無い。すでに三十分近く待っている。何も言わずどこへ行ってしまったのか見当もつかない。今朝の約束をもう忘れてしまったのかもしれない。連絡をすれば済む話だが、まるでこちらが楽しみにしているようで気が進まない。そんな葛藤を繰り返し優衣を待っていた。

さらに十分ほどが経ち、もう帰ってしまったのだろうと諦めかけた時、携帯が鳴った。

『今どこ？　私一階の入口にいるよん』

文末にピンクのうさぎの絵文字がついている。画面の向こう側の、優衣の表情が見えるようだ。愛理は画面を見つめて大きく溜息をついた。

『いまいく』

最低限の返信だけして愛理は教室を出た。正直に言えば文句の一つも言いたいところだが、連絡もせずに大人しく待っていたのは自分も悪いと思うことにした。

「……はあ、疲れる」

廊下を歩く身体がいつもよりぎこちなく感じる。できるだけ優衣に会うまでの時間を引き延ばそうと、わざと遠いほうの階段を使ってロビーへ下りた。イヤホンをして曲に合わせて階段を下りていると、多少は気分が晴れてくる。木の手すりを指先で触わりながら時間をかけて階段を下りていった。

二階の踊り場まで来たところで、下から上ってくる人影と出くわした。丸刈りの頭に日焼けした肌。服を着ていても見て取れるしっかりとした体格。いかにも運動部という風貌。優衣の恋人の市原勇だ。

「あ……おう」勇は顎を小さく突き出し鶏のような会釈をした。

「あ、うん。どうも」イヤホンを片耳外して挨拶を返した。

その後の会話が続かず、沈黙が流れた。お互い微動だにしない。愛理は下りかけたまま、勇は上りかけたまま。お互い片足を段差にかけ、中途半端な姿勢で固まった。

日頃から同性の対応にも苦戦している状態だ。知り合いの恋人という、ねじれた関係の異性とどんな話をしたらいいか想像もつかない。勇のほうも愛理にかけるべき言葉を探しているように見えた。

「あー、あー……、帰りか？」

勇は愛理の持つ鞄に視線を落とした。

「あ、うん。優衣に誘われて。なんか、あの……よく分かんないけど、新しいカフェに行きたいって」

「あーそういや、前に連れてけって言われたな。ゲロ甘そうなパンケーキの店」

「あ、市原君も……誘われてたんだ」

「けど俺、甘いの苦手だから断った」

「いいの？　二人で行ったほうが……」

「別にいい。本庄も嫌なら断っていいんだぞ」

勇は頭の後ろをガシガシと掻きむしった。

「平気。無理してないし」

できるだけ明るい印象を与えられるよう、笑顔を心がけて答えた。

「そうか……なら、まあ。本庄も女子だな。甘いの好きなのか」

「ああ……うん、普通かな？」

「そうか。ま、楽しんで」

「うん、ありがとう」

一通りの世間話は済んだと感じたらしい。勇は力強い足取りで再び階段を上りだした。

幅の狭いこの階段では、すれ違う時は肩が触れそうになるくらい距離が近くなる。勇が横を通り過ぎて行く時、心の中で語りかけてみた。甘いものは別に好きではないんだけど、あなたの彼女強引なところがあるからさ。そっちも苦労してそうだね。愛理の心の声に勇は気が付く様子もなく、やがて後ろ姿も見えなくなった。

彼の背中を見送ってから、イヤホンを付け直して階段を下りた。耳は音楽を聴いているが、頭の中では勇との会話を反芻していた。

愛理は話したいことがあるからと誘われていたが、実は先に勇が誘われていた。優衣は単純にお店に行きたいだけかもしれない。特別に話があるような雰囲気だったが、優衣の言う話も大して重要なことではないのだろう。優衣のやりたいことが全く見えてこない。ひたすらに、優衣の都合に振り回されているという感覚が拭えなかった。気にしなければいいだけの話だと分かっている。頭では分かっているが、どうにも上手に飲み込むことができない。

消化不良の気持ちを抱えたまま一階のゲートに辿り着いた。

「あ！　エリ！」

優衣は相変わらずの笑顔だ。笑うと目じりが下がり、何気なく付けられたつけまつげが強調された。毎朝鏡の前でつけまつげを装着している姿を想像してしまう。母親と同じように鏡に顔を近づけているところを脳裏に浮かべ、冷ややかな視線を送った。

「……行こうか。どっち？」

優衣の目を見ないよう視線を下げた。

「うん、えーとね。あっち」携帯を見ながら、優衣は駅がある方角を指さした。

「そう。行こう」

予備校を出て連れ立って歩いて行くと、次第に駅が見えてきた。駅前の大通りを危なげに往来する人達を避けて歩き、二人は古い雑居ビルの隙間にできた細い道に入った。

裏路地に一歩足を踏み入れるとほとんど人気がなかった。きちんと舗装された道路に手入れのされた家々が建ち並ぶ閑静な住宅街が広がっている。立派な住宅の隙間に隠れてそのカフェは建っていた。周囲の住宅より一回り小さい木目調の建物だ。店先には陶器でできた動物の置物と、小さな花がさりげなく飾られている。手書きのイラストとメニューが描かれた黒板が立てかけてあった。

「あった、ここ、ここ。かわいい！」

「こんなお店あったんだ……」

「楽しみだねぇ」

優衣が木製の扉を押した。扉に付けられたベルが揺れ、小さな音で客の来店を知らせた。店内はおしゃれなBGMが程よく流れ、木のテーブルと様々な風合いの椅子が並べられている。壁際にはいくつか棚が設置され、それぞれにアンティーク調の小物や古書が飾られていた。奥の厨房から微かにコーヒーの匂いが漂ってくる。

ベルの音に反応し、店員が笑顔で近づいてきた。

「いらっしゃいませ。二名様でしょうか？」

「二人でーす」優衣がピースサインを作って店員に見せた。

「お席へご案内します」

女性はくるりと振り返り奥の方へ歩きだした。最近できた人気のカフェというだけあって、店内の席はほとんど埋まっている。その大部分が女性客だ。中央の大きいテーブルでは、近所の主婦らしき女性達が集まっていた。おでこを寄せ合い、時折クスクスと談笑を楽しむさまは、昭和の女学生の休み時間を覗き見しているようだ。カウンターの席には、一人コーヒーを飲む男性が座っている。おしゃれな雰囲気によく馴染む、清潔感のある男性だ。おそらく店内で唯一の男性客だろう。

　愛理と優衣が通された席は窓際で、他の席からの視線は届かない位置にあった。丁寧に席をセッティングし、おすすめのメニューを紹介してから店員は去っていった。

「わあ、かわいい！　ええ、全部おいしそう！」

　凝ったデザインのメニュー表を見て優衣は弾んだ声を出した。身を乗り出して覗き込む優衣の髪が、もう少しで机に届きそうな、届かなそうな、曖昧な位置で揺れている。右へ左へ、頭の動きに合わせて動く髪を、グシャッと握りしめたくなった。

「あ、これ！　私これ食べたかったの。エリは？」

　優衣が指さしたのは、たっぷりのホイップと、色とりどりのフルーツが盛られたパンケーキだ。とても色鮮やかで、フルーツがきらきらと輝いていた。

「私……なんでもいいよ」

「ええ、一緒にパンケーキ食べようよぉ」

　優衣はメニュー表のパンケーキのページを開いて愛理の方に向けてきた。

「……じゃあ、これ」

愛理は優衣の選んだメニューの隣を指さした。何も載っていない、バターとメープルシロップだけのパンケーキだ。二人の注文が決まったところで優衣が店員を呼んだ。やって来た店員は魔法のようにカタカナが羅列されたメニューも、よどみなく復唱してオーダーを受け付けた。ほどなくして、注文の時とは違う店員が二人分のパンケーキを運んできた。店員は愛理と優衣を素早く見比べ、確認するまでもなくフルーツ盛りのパンケーキを優衣の前に置いた。

うっすらと茶色く焼き色のついた生地は、フォークを刺すと柔らかい弾力で押し返してきた。口に入れると経験したことが無いほどに滑らかで、舌の上であっという間に溶けて消えていった。鼻に残るバターの香りとメープルの甘さだけが、パンケーキを食べたという確かな名残りだ。優衣も愛理の向かいで、目の前の甘い誘惑をただひたすら幸せそうな顔で頬張っていた。話がある、と誘ったことなど忘れていそうな様子だ。面倒だからそのまま忘れていてくれないかな。食べ進めながら優衣の様子を盗み見て愛理は密かに期待していた。

※

「おいしかったぁ、また来ようねぇ」

店の外に出て、優衣は満足そうに伸びをした。沈みかけている夕日が優衣の髪に当たって輝いている。二人は元来た道を駅まで戻った。優衣の半歩後ろを追うように歩いていると、優衣が振り返った。

「ねぇ、エリー……？」

「あ、え、なに？」急に振り返った優衣にぶつかりそうになり、驚いて足が止まった。

「最近、大丈夫？」優衣は後ろ歩きで歩いた。

「どうしたの、急に」質問の意図が読めない。

「ホント言うと今日はね、エリのために誘ったんだよ？」

「私のため……？」

「うん。なんかね、エリいつもちょっと元気無い気がして。美味しいもの食べたら元気になってくれるかなと思って」

斜め下に俯いて話す優衣の頰がオレンジ色に染められている。

「そう、だったんだ……」

「元気、出たかな？」

「はは、うん。そうだね……」

内心愛理には、優衣の言うことが薄っぺらい偽善に感じられた。私のこと誘う前に市原君のこと誘ってたらしいじゃん。本気で心配してるなら、最初に誘うのは私じゃないの？そう言ってやりたかった。

「ねぇ、何かあった……？」

「いや……？　何もないよ」

「ほんとぉ？　無理しないで？」

「大丈夫だよ」

「悩んでるなら話してね。相談のるから」

　優衣は愛理の顔を覗き込んできた。

「無理してないよ」

　不快感を優衣に気取られないように、なんでもない風を装った。悩み相談を強要されて、素直に話し始める人なんてこの世に居るのだろうかと不思議でならない。愛理にとってこの状況はただただ不快でしかなかった。

「そう？……エリ彼氏も居ないし、何かあったら頼ってね」

「……ありがとう」

　建前上頷きはしたけれど、到底頼る気など起きない。言葉と行動が噛み合っていないとしか思えない。

　優衣の優しさは本物かどうか、その実を確かめてみたいと思った。相手の弱点を突いてみて、どれだけ困るか見てみたい。そんな、身も蓋もない、原始的で、強い欲望が渦巻いた。永遠に無くなることのないいじめの原因も、こんな無邪気な恐ろしい欲望かもしれないと気が付いた。

優衣の声を背中に受けて歩いた。誘いに応じずに、素直に家に帰っていれば良かったという後悔が愛理の中に鈍く残った。

※

「ただいま……」

玄関のドアを開けると、玉ねぎの独特の甘い匂いが鼻をついた。匂いからすると、今日の夕飯は和食のようだ。愛理は靴を脱ぎ、そのまま二階に上がろうとした。

「愛理帰ったの？　ただいまくらい言いなさい」

気配を感じたのか、キッチンから母親が顔を出した。

「……今言ったよ」母親には目もくれずに階段に足をかけた。

「こんな時間まで何してたの」エプロンで手を拭きながら近寄ってきた。

「別に……友達と寄り道」

口に出してみて、はたして優衣は友達と呼べる存在なのかと疑問が頭をよぎった。しかし、他に適当な表現が見つからない。

「別にじゃないでしょ、こんな遅くまで出歩いて」

「そんなに遅くないじゃん」

「子供の出歩く時間じゃないでしょ」

「まだ七時だよ」

「馬鹿おっしゃい。私から見ればあなたは一生子供よ。子供がこんな時間までふらふらしていいわけないでしょ」

当然、と言わんばかりに母親は口をきっと結んだ。

「……誘われて、断れなかったんだよ」

愛理は大きく息を吐いた。

「友達って誰？　名前は？」

「うるさいな、誰でもいいじゃん」

「教えてくれてもいいじゃない。なんで教えられないのよ」

母親はその場から離れようとしない。愛理から聞き出すまでは動く気はないようだ。教えればこの先何かある度、あの友達は元気か、と無駄に話題に出してくるのは目に見えている。教えても面倒、教えなくても面倒だ。

「分かったよ。次からちゃんと帰るから。ごめんなさい」

無理矢理話を終わらせ、階段を上った。

「あなた自分の立場分かってるの？　浪人してるんだから、遊んでる余裕ないはずでしょ。お金払って予備校通わせてあげてるんだから、もっとちゃんとしなさい」

返事をしない愛理に、母親は一方的に喋り続けた。

「ちょっと聞いてるの？　お父さんにも言っておきますからね！」

自分の部屋に入りドアを閉めた。部屋の中は真っ暗で静かだ。明かりもつけずベッドに倒れ込んだ。全体重を受け止めてくれる柔らかさが心地いい。

「はぁ……一人になりたい」

ため息交じりに呟いても、部屋の中の空気を揺らすだけで何も起こらない。漫画やアニメのように劇的な変化を与えてくれる存在も現れない。ありえないことだと思ってはいるが、そんな都合のいい何かが起こって欲しかった。

気を紛らわそうと携帯を開くと、優衣から届いたメッセージの通知が来ていた。

『今日はありがとう！　おうち着いたかな？　また明日ね』

可愛らしい絵文字にキラキラマークでデコレーションされたメッセージ。返信する気にもなれず、そのままアプリを閉じた。

代わりにSNSアプリを開いた。ネットの世界は現実より快適だ。現実とは違い、優しい人が大勢いる。人の嫌がることには無理に踏み込まず、たまに励ましの言葉もくれる親切な人達だ。ネット上の関係はトラブルも多いと言うが、今まで巻き込まれたことも無かった。

SNS上に投稿された沢山のコメントの中である投稿を見つけた。『疲れた！　でももう少し勉強頑張る！』というメッセージとともに、缶コーヒーの写真が添えられている。

愛理と同年代の男性と名乗るこの人物とは、数か月前に知り合った。その頃愛理の浪人が決まったばかりで、落ち込んでいる愛理を何度も励ましてくれた。出会ったばかりの頃は一日に何通もやり取りを交わして、他愛もない話を楽しんでいた。お互いに楽しんで親睦を深められているとばかり思っていたけれど、ある時から急に、相手のレスポンスが悪くなった。向こうからは声をかけてこなくなり、愛理からメッセージを送ってみても、数日後に無言の「いいね」が送られてくるだけになってしまった。愛理以外の人とは頻繁にやり取りをしているのは、嫌でも目に入ってくるので、SNS上の交流を止めたわけではないらしい。

どうしてそうなってしまったのか考えてみたが、思い当たる節はなかった。誹謗中傷もしていなければ、不快にさせる話題も出さないように気を付けていた。そればかりか『めちゃくちゃ気が合うね！　話してて楽しい！』と言われたことさえあった。友達として順調な間柄だったはずだった。

その落差の原因が分からず、状況を打破することもできないまま一か月以上が経っている。ついこの間まで笑いながら話していたのに、と首を捻るばかりだ。考えても答えが出ないので、最終的に、相手が自分に飽きたのだろうと結論づけることで自分を納得させた。

こういったことは今回が初めてではない。似たようなことは過去にも何度かあった。皆何も言わずに急に態度が変わるので、何が理由で、何を直せばいいのかが分からない。愛理はただ、疎遠になっていく人達を黙って見送るしかできなかった。こちらがしつこく食い下がれば、余計に離れて行かれてしまう気がした。

　意を決して返信ボタンを押してみたが、『がんばって』と文字を入れて手を止めた。相手は疎遠にしたがっているのに本当に返信をしてもいいのだろうか。未だにしつこい変な奴だと、また煙たがられるのでないだろうかという不安がよぎった。愛理からの返信を見て顔をしかめる姿が目に浮かぶ。顔も見たことがないのにおかしな話だ。暫く悩んだ末に「いいね」だけを押して、画面を閉じた。

　大きく息を吐き、腕を投げ出して大の字に寝転がった。力の抜けた手から携帯が滑り落ち、硬い音をさせて床に転がった。愛理は気にせず視線の先にある天井を見ていた。暗闇のなかでもぼんやりと見える、面白みもないただの白い平面。見つめていても、何もいいことは起こらない。意味ありげな形のシミや汚れすらない。何も考えずに無意味な天井を見続けていると、意味を含んだ母親の声が下の階から聞こえてきた。

「愛理、ご飯できたわよ」

　ついさっきの小競り合いなんてまるでなかったような口ぶりだ。反抗の意味を込めて返事はしなかった。少しすると、階段を上ってくる足音がした。その足音は愛理の部屋の前で止まった。ドアの向こうから声がする。

「愛理、聞こえてるでしょ。返事しなさい」

「……いらない」愛理は天井を見つめて答えた。

「何言ってるの。冷めるから、早くしなさい」

「いい。先食べてて」

「もうなんなの、具合でも悪いの？　入るわよ」

急にドアが開いて母親が入ってきた。

「ちょっと、勝手に入ってこないでよ」

「電気も点けてないじゃない。何やってるの」

母親が壁のスイッチを入れた。急に光を当てられた刺激で目が眩んだ。

「うるさいな、放っといてよ」

「いいから、下りてご飯食べなさい」母親はイラついた声で言った。

「ちょっと一人にしてよ」

目に強い刺激が入ったせいか、頭まで痛くなってきた。頭の中も外も不快なことばかりだ。

「何言ってるの、ご飯は家族で食べるのが当たり前でしょ」

「お腹空いてないし、今一緒に居たくないの」

だんだん頭痛がひどくなってくる。同時に苛立ちも募ってきた。

「やっぱり夜冷えて風邪引いたんでしょ。だから言ったじゃない」

ほらね、という母親の表情がとても憎らしい。

「……違うんだって。もういい、出てってよ」

「愛理、いい加減に……」

「出てってよ！」

愛理の叫び声は部屋いっぱいに反響した。空気を震わせたその振動は空間に吸い込まれていき、不自然な沈黙だけが残った。

「……何を怒鳴る必要があるのよ。下品ね」母親はまだ部屋から出ようとしない。

「なんでもいいから、頼むから出て行って」

「ご飯食べようって言ってるだけじゃない」

「一緒に食べたくないって言ってるでしょ」

「許されません、家族なんだから」

「意味分かんない」

「……なんなの。何がそんなに気に食わないの」

母親は軽く顔をしかめた。歩み寄りのつもりなのか、なおも食い下がってくる。

「言ったって、まともに聞かないじゃない」

「ちゃんと聞いてあげてるじゃない。ほら何よ、言いなさい」

「いや、聞いてるんなら出てって」

「なんでそんなこと言うのよ？　心配してあげてるのに」

「心配してもらわなくていい。いいから出てってよ！」

愛理は母親の背中を押して無理矢理部屋から押し出した。

「ちょっと、待ちなさい」

触れた手から母親の厚い肉感が伝わってくる。中年らしくたゆみ始めた弾力が気持ち悪い。抵抗する母親をなんとか部屋から追い出してドアを閉めた。鍵はついていなかったが、母親はそれ以上部屋に入ってくることはなく、数秒してから階段を下りていく音が聞こえた。

その音を確認して愛理はもう一度ベッドに横になった。はずみでクッションが床へ落ちた。何故こんなにも歩み寄れないのか。ずっと、こんなやりとりを繰り返さなくてはいけないのか。これから先、何をするにも親が納得する方法を採らなくてはいけないのか。そんなことを考えた。考えれば考えるほど、自分に用意された未来はとても狭く、黒く塗りつぶされていく気がしてきた。

顔をシーツに押し当てたままじっとしていると、次第に思考力が低下してきた。押し寄せる気疲れや憤りが、疲れ果てて睡魔に変わっていく。愛理の意識は、訪れた眠気にあっさりと沈んでいった。

※

何か物音がしたような気がして目が覚めた。中途半端な時間で寝てしまったせいか、頭も身体も異常に重い。ひきずるように身体を起こして、窓から外を見た。街は暗く静まりかえっている。窓から見える他の家はどこも明かりが消えている。所々光る窓が、まだ活動している数少ない人の存在を示している。空は雲一つないすっきりとした夜空だ。月が丸く輝き、その周りには淡く光る虹色の輪が出ていた。

時計を見ると、すでに日付が変わっている。長いこと時間が経っていたことを知り、急に喉の渇きを覚えた。愛理は水を飲むために一階に下りた。両親は寝ているだろうと思っていたが、リビングのドアから廊下に光が漏れている。母親と誰かが話している声が聞こえる。寝ている間に父親が帰ってきていたようだ。愛理は音を立てないようにそっと扉に近づいて聞き耳を立てた。

「なんであんなこと言ったのかしら。無理矢理部屋から追い出されて。まったく、何考えてるんだか」

「俺達はまともにあいつを育ててきた。間違ったことは何も教えていない。あいつのために、どこに嫁に出しても恥ずかしくないようにしてきた。思春期のくだらない反抗だろ。放っておけ」

「そうだといいけど」

「気にすることはない。そのうち自分が間違っていたと改心するさ」

「そうね。慧と同じように育ててきて、あの子はこんなこと無かったもの」

「そうだ。こういう時は親は騒がずに毅然としていればいい。もしまた親に向かって生意気な口の利き方をしたり、帰りが遅くなるようであれば、俺がガツンと言ってやる。愛理は末っ子で女の子だからって、甘やかしすぎたんだ」

「分かった。しっかり様子を見てるわ。その時はお願い」

「お前は母親なんだ。ちゃんと見張ってろよ」

「はいはい、分かってます」

「俺達は間違ってない。堂々としていればいいんだ」

愛理はその場を離れた。飲み物を取りに来たことを忘れ自室へ向かった。全部を聞いてはいないが、愛理のことを話していたのは明らかだ。夕方に口論したことを父親に相談していたようだ。

くだらない反抗、生意気な口、そんな単語が除夜の鐘のように、鈍く重く、頭のなかで反響する。言葉にすれば間違いなく伝わるだろうと思っていたが、甘い期待だった。単なる反抗でも、ましてや反抗に付き合って欲しいわけでもない。正しいか間違いかを判断されたいわけでもない。ただお互い反りが合わないことを認めて、適切な距離を保って欲しいだけだ。血が繋がっていて、同じ言葉を話していても、こんなにも伝わらない。もしかしたら、これまで他人に伝えてきたことを、誰一人ちゃんと理解していないのかもしれない。そんな不安にかられた。一緒に暮らしている家族でさえこのザマだ。他の人間がこれよりマシとは思えない。

頭のなかでいくつもの疑問がぐるぐると渦巻いた。いくら言葉を尽くしても無駄ならば、他にどんな方法があるのか。暴力に頼るしかないのだろうか。何故他の人達は理解しあえて、自分はここまで苦労しなくてはいけないのだろうか。

踏み出す足が異常に重く、階段の一段一段がいつもより急に感じる。下りてきた時より長い時間をかけて一番上まで上り切った。廊下を手探りで進み、両親に気付かれないよう音を消しながらドアを閉めた。

部屋に入ると勢いに任せて顔からベッドへ沈んだ。全身の力を抜いて身を預けると、普段意識していない重力が身体をベッドに押し付けてくるのが分かる。呼吸を整えて、顔にかかる髪をはらいながら仰向けになった。そこで初めて、この部屋で起きている事態に気が付いた。

愛理が入ってきた入口。扉の影。

知らない男が立っていた。

心臓がはち切れそうなほど、激しく脈打った。熱い血が一気に身体を駆け巡っていく。愛理は身体を起こして記憶に残る人を思い返した。どれだけ考えてみても、こんなことをする人物に心当たりは無い。

この男は誰なのか。どうやって入ってきたのか。何故この部屋に居るのか。何をするつもりなのか。それはあまりに突然で非現実的だが、確かに今現実で起こっている出来事だった。動いていなくても、身体の中から熱くなってくる。身体はじっとりと熱気を帯びているのに、背中には不快感を凝縮したような寒気が走った。

男は壁際で微動だにせず、じっと愛理の様子を窺っている。細身の身体で帽子とマスクで顔はほとんど隠れていた。力なく垂れ下がった手には白い軍手をはめ、はっきりと刃物が握られているのが見えた。

襲われる。咄嗟にそう思った。こんな時何をすればいいのか。下には両親が居る。必死に打開策をひねり出そうとしたが、思考は空回りするばかりだ。まともに役立つ答えが何一つ浮かばない。とにかく相手が襲ってくる前にこちらから行動を起こさなくてはいけないと思い、声を発した。

「……だ……れ……ですか」

しっかりと喉に力を込めたはずなのに、出てきたのはなんとも頼りなく、弱々しく震えた声だった。男は襲うこともしなければ、愛理の問いかけに答えることもしなかった。

「……殺すの？」

やはり返事はない。ただ愛理を見ているだけだ。他人の家に忍び込んでおいて何もしないほうが、かえって不気味だ。

「……泥棒？」

そう言うと男は不愉快そうに小さく身体を揺らした。しかしそれだけだった。その後はまた銅像のように固まってしまった。時計の秒針の音がいつもより大きく聞こえる。愛理も口を閉ざし沈黙が流れた。緊張の糸が張りつめたまま時間が過ぎていく。できればこのまま逃げ出して欲しい。そんな淡い期待を抱いた、その瞬間。

男が動きだした。壁際からベッドまで、すり足で近づいて来る。半歩ずつ、歩みは遅いが確実に距離が縮まっていく。迫りくる得体の知れない存在に、愛理の身体は恐怖で固まってしまった。逃げようと思うのに、身体が言うことを聞かない。

ベッドまで辿り着くと、男は片足をベッドに乗せた。男の体重を受けてベッドと愛理の身体が深く沈みこむ。男の右手が伸びて愛理の口を覆い隠した。

力ずくで拘束されるかと思ったが、愛理に触れるその手は予想に反して柔らかだった。無理矢理押さえ込もうという意図は感じられず、口に手を添えられている程度の力加減だ。そのまま男は右肘で愛理の左肩を押し込んだ。ゆっくりと力を込められて追い込まれていく。まるで、勢いよく壁にぶつからないように気を使われているようだ。背中が壁についで愛理の身体は逃げ場を無くした。男は愛理の足を跨いで覆いかぶさった。身体の動きは封じられてしまったが、触れられている部分のどこにも大して力が入っていない。本気で抵抗すればなんとか抜け出せそうだ。しかし、男が左手に持つ刃物は愛理の腰の辺りでちらついていた。抵抗すれば何をされるか分からない。たった一本の包丁が、愛理の抵抗する気力を無くさせていた。

男は愛理を押さえたまま小さく呼吸を繰り返した。触れられている場所から男の熱が伝わってくる。少し高めのその体温が愛理の肌を温めた。不法侵入の怪しげな男も血肉の通った同じ人間だということに、奇妙な違和感を感じた。

押さえ込まれたまま視界のほとんどが男の身体で覆われてしまっていて周囲がよく見え

ない。男の顔が目の前にある。前髪の隙間から目が覗いていた。切れ長でどこか焦点が定まっていない印象がした。静かな目で愛理を見下ろしたまま、興奮したり我を失っている様子もない。ただ握られた刃物だけが男の印象に合わず狂気じみていた。その切っ先が、蛍光灯の光を反射して白々しく光っている。

いかにも硬くて痛そうなそれが自分に突き刺さることを想像し、思った。

このまま殺されれば、楽なのかもしれない。

どこからやってきた考えなのか、それは突然、愛理の中に降って湧いてきた。親は鬱陶しいいし、泣いて悲しむような友達も居ない。知らない人に殺してもらうなら罪悪感もない。何より、生きていることになんの面白みも楽しさも見出せない。こんな毎日に、果たして本当に命乞いをするだけの価値があるんだろうか。

いい潮時だと思えた。愛理の中の歯車が寸分の狂いなく噛み合って、一本の道が出来あがったように思えた。それまで感じていた危機感が嘘のように消えていった。代わりに、この道を突き進むんだという、使命感にも似た強い意志が持ち上がってきた。男の顔を見ながら、ただ、今、そうすべきだと直感した。

ねえ、死んでみようか。

塞がれた口を開こうとした。口の中がひどく粘つき、唇も渇いて張り付いている。

男が愛理の動きを感じ取ったようだ。より強い力で手を押し付けて愛理の口を封じた。

違う、暴れたいんじゃない。そのことを伝えようと、愛理は動きを止めて真っすぐ男の目を見て訴えた。

「まって」

男の手に愛理の温かい息がかかる。ほとんど呻き声に近い声だったが、男の動きが止まった。どうにか意図は伝わったようだ。

「きいて」

愛理の言葉にならない声を聞いて男は目を泳がせた。何も言わなくても、思案しているのが伝わる。多少の間を置いてから、男は僅かに手の力を緩めた。口元の空間に余裕ができると、愛理は数回呼吸を整えた。

「……きいてください」

いくぶんマシな発音ができた。しかし男の反応は読めない。男の微妙に重たげな目は、ただ愛理を見つめて光るばかりだ。男からのリアクションを待ってみたが、変化もなく時間だけが過ぎた。よく見るとマスクから覗く目元の皮膚にはこれまで過ぎてきた年月が感じられた。質感からすると愛理より大分年上だ。両親のほうが年齢は近いような気がする。

「……おかね、なら、あげます」

もう一度、男の目を見て言った。男の瞳が小さく見開かれるのが見えた。愛理の言葉はきちんと通じているようだ。意思疎通が図れることを確認すると、口を塞ぐ手を押し返しつつ、顔を上げて正面から男を見つめた。

「……ころして、くだ、さい」

男がかすかに息をのむ音が聞こえた。空気の乾いた音と一緒に、男の付けたマスクの真ん中がわずかに動いた。

「おねがい、します」

男はすぐに頭を垂れて横に振った。

「……おねがい」

男はもう一度首を振った。

「……それ」

愛理は刃物に視線を移した。愛理の視線に気づき、男は刃物を後ろに引いて斜め下に目線を逸らした。それでも身体を押さえる手は離してはくれなかった。

「……どうして」

口は塞がれたままだが繰り返し抗議を続けた。ここで諦めるわけにはいかなかった。愛理には確信に近い予感があった。

人生の中のチャンスというものは、そうそう何度も巡ってくるものではない。考えるまでもなく、こんな状況は二度とは訪れないだろう。そして、迎えに来て救いの手を差し伸べてくれるのは、必ずしも見目美しい王子様とは限らない。名前も知らない、顔も見えないこの男しかいない。

「……たすけて」

愛理は頭を下げた。押さえつけられているので大きくは動けなかったが、そうして頼まずにはいられなかった。

「…おねがい」

自分の胸元を見るよう恰好で目線を落としながら、父親に頭を下げていた幼い頃の自分を思い出した。あの頃はただ、父親の怒りを鎮めるためのものでしかなかったけれど、今はその行為に意味を感じることができる。初めて、頭を下げるという行為の本来の価値が分かった気がした。

愛理はさらに深く頭を下げ、その姿勢のまま動かずに我慢した。静止したまま数十秒が過ぎても何も変化は無かった。視界に映る男の身体は呼吸に合わせて規則的に上下運動を繰り返している。

無茶なお願いをしているのは分かっている。もうだめかと諦めの気持ちが表れて愛理は頭を持ち上げようとした。

「本当……ですか」

男が突然口を開いた。その声は思ったよりも低く、柔らかで聞き心地のいい声だった。

愛理は驚いて男を見上げた。

「……今の、本当ですか」

男の問いに愛理は二、三回小さく頷いた。

「貴女は……死にたいんですか」

もう一度小さく頷いた。

「……どんなやり方でも？」

愛理は瞬きだけで肯定した。

「そうですか……」

男は愛理を押さえていた手を離した。身体を引いてベッドから下りると、離れた位置に立った。落ち着かなさそうに、左の腕をさする動作を繰り返している。そのたびに左手に握られた包丁が揺れて光を反射した。

その様子を愛理は呆然と見ていた。自分で頼んだこととはいえ、この人はちゃんと理解できているのかと不安になった。どういうつもりなのか、さっぱり読めない。これは提案にのってくれた、ということでいいのだろうか。愛理は拘束から解放されようやく自由に話せるようになり、ベッドの上で体勢を立て直した。

「あの……やってくれるんですか？」

「ただ今は、ちょっと……。時間をください」男は下を向いて付け加えた。

「時間？」

「色々と、その、準備をする時間です」

愛理は内心肩を落とした。準備をすると言って時間を稼いで逃げるつもりなのだろう。一度承諾したように見せかけて、油断させようとしているに違いない。

「今すぐがいいです」

「……何故ですか」愛理の反対にも男は動じている様子はない。

「どうしてもです」

「でも、急なことですし……」

「今じゃないと、だめです」

「あの、何があったかは知りませんが……そんなに、死にたいんですか」

男は静かに問いかけた。

「……当たり前です」愛理はやけになって答えた。

「なら、失敗しないほうがいいんじゃないですか」

「それは……」

あなたが逃げると思っているから心配、とは言えなかった。言葉につまる愛理を見て男は続けた。

「約束は守りますから」

「……じゃあ、いつならいいんですか」愛理は眉をひそめて男を見た。

「三日後、でどうでしょうか」

「三日も？　本当に来るんですか」

いかにも頼りなさげなこの男を、どこまで信用していいのか分からない。愛理の焦る気持ちが募った。

「来ます。こちらも、貴女が他に漏らさないという保証はありませんので」

「言いませんよ。私の提案だし、それが心配なら今だっていいんです」

ベッドから身を乗り出して男に食って掛かった。男は首に手を回しうなじの辺りを触った。被っていた帽子が腕に当たりわずかに左に傾いたが、男は気が付いていないようだった。

「……じゃあ、代わりにここに何か置いて行きます。そうすれば僕が取りに来ますから。それで許してもらえませんか」

男の言うことはもっともらしく聞こえる。しかしそれでもまだ、愛理は信じきれなかった。男が預けた物を犠牲にして逃げる可能性もある。絶対に取り戻さないといけない物を人質にしようと考えた。

「なら、置いて行く物、私に選ばせてください」

「え？」

「だめですか」

「いえ、そんなこと無いですが……」

男はかすかに怯えたような表情を見せたが、反対してくることはなかった。愛理はもう一度男の様子をよく観察した。男にとって、必ず取り返さなくてはならない物はなんだろうか。男の頭からつま先まで視線を巡らせた。愛理の目は自然と、男の手に握られた包丁で止まった。どこにでも売っていそうな、二十センチ程度の家庭用の包丁。持ち手は黒い柄が付いている。男が自分の家から持ってきた物なのかもしれない。遠目から見て、長年使い込まれている印象を受けた。

「……その包丁がいいです」

「……これ、ですか」男は指先で丁寧に包丁の背をなぞった。

「それがいいです」

「でもこれは……」

男は迷っているようだ。包丁を持った二の腕をさすって考え込んでいた。男の動きに合わせて上着のジャンパーが擦り合わさって音をたてた。悩んだ末に慎重に包丁を持ち替え、柄の部分を愛理に向けた。包丁を差し出す男は渋い表情をしているように見えた。

「……どうぞ。必ず来ますから。それまでは使わないって約束してください」

「使うって……自分でってことですか」愛理は包丁を受け取った。

「まあ……はい」

男は横を向いてまた二の腕をさすった。この男の癖なのだろうか。

「分かりました。ちゃんと隠しておきます」

愛理は預かった包丁を刃先が出ないようにタオルに包んで引き出しにしまった。

「よろしくお願いします」

男は何度か愛理の手元を盗み見て、やがて諦めたように腕から手を離した。

「……あの、聞いてもいいですか」遠慮がちに愛理は尋ねた。

「あ、はい」

「どうして、この家に入ろうと思ったんですか」

「これと言った理由は、特に……。……すみません」

男は肩を落とした。俯くその様は陰気なサラリーマンの雰囲気そのものだ。話し方も、身体を押さえ込もうとする時の力もやけに及び腰で迫力に欠ける。悪いことをしようとするタイプの人間には見えない。

「でも泥棒なんて……」

「本当に、すみません……」

愛理がそう言うと、男はバツが悪そうに顔色を暗くした。きっと、簡単には説明できないような複雑な大人の事情を抱え込んでいるのだろう。同情の余地があるかもしれない。そう考えると、急に男が不憫に思えてきた。無条件でお金を渡しても悪くないような気さえしてくる。しかし同情はしても手を貸すことはできない。愛理にとって肝心なのは、この男が願いを叶えてくれるかどうか、その一点だけだ。

「……大変ですね。あの……約束は、ちゃんと守ってくださいね」

「あ、はい。大丈夫です」

せめて何か励ましの言葉を掛けようとしたが気の利いた言葉が出てこなかった。頭に浮かぶのは、どこかで聞いたことがあるテンプレートのセリフばかりだ。

こんな時、他人に対して気休めの言葉をかけてあげることとさえ上手くできない。愛理の手に力が入り、爪が掌に食い込んだ。

「私、誰にも言いませんから」

「ありがとうございます、助かります」

「あの……一応訊きますけど、今まで、誰かを殺したことありますか……？」

「そんな、ありませんよ。そんなこと」男はまた腕に手を延ばした。

「方法は、どうするんですか」

「それは……次来るまでに考えておきます」

「なんでもいいので、お願いします」

「……はあ」

「そういえば、よく入って来れましたね。ここ二階なのに」

「外の塀と木を登って……そしたらちょうどこの部屋の窓が開いてたんです」

「まるで忍者ですね」

この男が一人で木をよじ登っている姿を想像して、愛理は漏れそうになる笑みを誤魔化した。

「変、ですかね」

「次もこの窓から入れるようにしておきます」

「……分かりました」

「三日後が待ち遠しいですね」

「まさかこんなことになるなんて……誰にも見つからないように注意してたんですが」

男は頭の形をなぞるように手を滑らせた。

二人の間にゆるい沈黙が流れた。目が合うと男は帽子を目深に被り直した。愛理は男の顔に深い線が刻まれていることを発見した。目尻から放射状にいくつか並んだそのシワは、使い古したタオルのような安心感があった。

外から朝刊配達のバイクの音が聞こえた。時計を見ると、時刻は四時前になっている。男も時間の経過に気が付いたようだ。

「そろそろ……行きます」男は窓際に近づいた。

「あの、帰っていくとこ、見ていいですか」愛理も窓際へ近寄った。

「え？　はい、構いませんけど……」

男は不思議そうな顔をしながら、窓枠に足をかけた。そのまま上半身をひねり愛理の方へ向き直った。

「では……また三日後に。包丁は、くれぐれも気を付けてください」

「はい、また」

男は窓枠を掴み、身体を持ち上げ外へ出た。一階の屋根部分に下りると、靴を履いて庭に生えている木に飛び移った。身体の細さからは想像つかないほど力強い動きで、飛び移った木が大きく揺れた。男は滑るように下りていき、音も無く地面に着地した。そこから小走りで勢いをつけて、そのままの塀を越えて見えなくなった。壁の向こうから聞こえる男の足音が遠ざかっていく。

男が去り視線を上げると、空はもうかすかに白み始めていた。太陽が昇り出し東に建つ家の屋根が、端から柔らかい光で照らされていく。東から西に向かって空の色がグラデーションになっている。複雑な色がいくつも水彩画のように溶け合って馴染んでいた。

その様子をぼんやりと眺めながら、愛理は考えを巡らせた。これから三日間で何をするべきか、何がしたいのか。

真っ先に浮かんだのは予備校だった。愛理自身が行きたくて通っているわけじゃない。どうせ死ぬのなら、その前に退校の手続きを済ませてしまいたかった。もう無駄に通わなくて済むと思うと気が楽になるし、身の回りの整理はできるだけしておきたい。

携帯の中にあるデータも消去が必要だ。特に、登録しているSNSは退会しておかなければならない。愛理の両親は、SNSがどういうものなのかもきちんと理解していないほどインターネットの文化に疎い。SNSではほとんどの人が偽名を使っていることすら知らない可能性がある。そんな両親が死んだ娘の携帯を見て何をしでかすか、思い浮かぶのは最悪な事態ばかりだ。携帯を確認すればSNS上で複数人とやりとりをしていたことは簡単に分かる。それを見て余計な気を回した両親が、本名を載せてSNSで報告してしまうかもしれない。万が一偽名を使うことに気が付いたとしても、疎遠になっているフォロワー一人一人にまで個別に死んだことを伝えようとするかもしれない。なんにせよ、いい方向にはいかないだろうということは分かる。それでなくても、SNS上でのやりとりを親に見られることが耐え難い。何かの拍子で見られてしまわないように、アカウントを消しておかなくては安心できない。

部屋の片付けも必要だ。できる限り、持ち物の整理は自分でしたい。自分自身は居なくなったとしても、捨てずに残しておいて欲しい思い出の物が沢山ある。自分できちんと仕分けをしておかないと、家族には任せておけない。何を大事にして、何に思い入れを持っているかなど、知っているわけがない。綺麗に仕分けをしたとしても、その後どうなるかは怪しいところだが、やらないよりはマシなはずだ。

空を見上げたまま、他に何が必須かを考えた。しかし、他にやるべきことが見つからなかった。たった三つこなすだけで、消える準備ができてしまう。果たさなければいけない責任もなければ、別れを惜しみ合う相手も居ない。仮にも十八年間生きてきて、自分に残されているものがこれだけなんて、随分と簡単で笑ってしまうくらいあっさりしている。

下の階から物音がした。どうやら両親が起きてきたようだ。愛理は二人が出かけるまでの間大人しく気配を消して寝ていることにした。物音を立てないようにそっと窓を閉めて、ベッドに潜り込んで毛布を顔まで引っ張った。ベッドに入ると不思議なくらいすんなりと眠気に引き込まれていく。今まで感じたことのない満ち足りた気持ちと、三日後への期待のなか、幸せな気持ちで目を閉じた。

朝一番の鳥の声が外から聞こえてくる。小さな始まりを告げる声を聞きながら、愛理は眠りについた。

※

建て付けの悪い扉が閉まる音で目が覚めた。愛理はうっすらと目を開けて部屋を見渡した。頭をもたげて窓を見ると、カーテンから透ける光はしっかりと日が昇っていることを示している。時刻を確認しようと、ぼんやりする意識をなんとか稼働させて時計の文字盤を見た。時計の時間は八時すぎ。良かった、時間にはまだ余裕がある。さっきの音はたぶん玄関のドアが閉まった音だから、両親は出かけたはず。

愛理は身体を起こした。毛布がずれて床に落ちた。数時間ほどしか寝れていないが、眠気は残っていなかった。落ちた布団を踏みつけてカーテンに手をかけた。

窓の外では明るい朝日がすべてのものに平等に注がれていて、その眩しさに目を細めた。眼下に広がる道路では車や人が行き来している。普段は憂鬱になるこの始まりの光も、あと数回だと思うと素直に気持ち良く感じられた。

大きく伸びをしてから一階に下りた。思った通り家の中には誰も居ない。両親は二人とも出かけた後だ。リビングでいつもの朝食を準備して、時計代わりにテレビをつけた。都心で起きた通り魔の事件や、今話題の国際情勢について報道している。横目にテレビを見ながら食パンに齧り付いた。

どれだけ世間が変化していこうとも、一週間先のことでさえ今の自分には関係が無い。将来の心配をする必要も、世の中を嘆く必要もない。全く別世界の話を聞くような気持ちで、神妙な顔つきのキャスターを見つめた。

朝食を終えると普段と同じ時間に家を出て自転車に跨り予備校へ向かった。今日は早速、予備校を辞める手続きをしに行こうと決めていた。これが三日後に向けての準備の第一歩だと思うと、自然と浮足立ってしまう。力を込めてペダルを思いっきり漕いだ。

いつもと同じ道の空の青がとても綺麗に澄んで見える。顔に受ける風が爽やかに頬を撫でていく。自転車を漕いでいる途中、住宅街から駅に続く道で、風に乗ってかすかに甘い匂いがした。花のような湿気た甘い匂いでも、砂糖のようにベタつく匂いでもない。もっと柔らかく、大人しく、料亭で働く和装の女将を思わせるような匂い。

愛理は自転車を停めて辺りを見渡した。この匂いがどこから来るのかを探した。道の反対側に食品工場と書かれた看板の建物があった。工場という言葉からイメージされるほど大きな建物ではないが、どうやらこの匂いはそこから来ているようだ。豆でも蒸かしているのかもしれない。こんなにはっきりと道沿いに建っているのに、工場があるなんて一度も気が付いたことがなかった。四月から毎日通っていたのにおかしな話だ。風が吹くと優しい甘い匂いが漂ってくる。深く呼吸をしてたっぷりと空気を吸った。工場を横目に見ながらペダルに足をかけ、もう一度自転車を漕ぎ始めた。

もうすぐ死ねると考えただけで、今までになく周りの景色の何もかもが、新鮮に輝いて見える。味わったことのない、晴れ晴れとした気持ちだ。

それから五分ほどで駅に近づき、予備校が見えてきた。いつものように地下の駐輪場に自転車を停めた。地下の主は相変わらず背中を向けて自分のテリトリーに鎮座している。

足早に駐輪場を抜け一階に上がった。気がつけばもう、授業開始ギリギリの時間だ。他の予備校生達は急ぎ足で教室へ向かっていく。愛理はのんびりと歩き、IDカードをかざしてゲートを通った。教室がある階とは別の方向を目指して、人の流れに逆らって進んだ。事務手続きの場所は、授業をする棟とは違う棟にある。階段を上り、連絡通路を渡って別棟にある部屋へと向かった。通路の先にある廊下を曲がると「入学手続き課」と看板の出た部屋が見えた。愛理はドアの前に立ち、二回ノックをした。

「……失礼します」恐る恐る中に入ると、目の前の受付カウンターに女性が座っていた。

「どうされました」黒髪を一つに束ねた、無表情の女性だ。

「あの、予備校を辞める手続きがしたいんですけど……」

「そうですか、分かりました。退校書類はこちらです。太枠の中をすべて記入してください」

一枚の紙が差し出された。女性の口から矢継ぎ早に、書類の書き方に関する注意事項が流れ出した。説明の内容より、モールス信号のように単調な口調のほうが気になった。

愛理は女性に言われた通り、ボールペンで記入していった。説明によると退校に保護者の許可は不要のようだ。許可が必要だったらどうしようかと心配していた愛理は、ほっと肩の力を抜いた。記入を終えると用紙を女性に渡した。

「あ……これ書いたらもう辞められるんですか」

「入館用のＩＤカードを返していただければ授業自体は来て頂かなくても結構です。ですが、すでにお支払いいただいた今期分の受講料は返金できません」

愛理の記入にミスがないか確認しながら女性が答えた。

「じゃあ、これ返します」

愛理は鞄から取り出したＩＤカードを女性に渡した。

「いいんですか。まだ二か月以上ありますよ」

「もう大丈夫です」

「そうですか。では帰りはこのカードを使ってください。ゲートを出たら、カードは窓口に返却してください」

女性は愛理のカードを受け取り、代わりに別のカードを引き出しから取り出した。渡されたカードには「貸し出し用」と書かれている。受け取ったカードを失くさないように鞄にしまった。

「あの、それじゃあ……」

「ちょっとよろしいですか」

部屋から出ようとした愛理を女性が呼び止めた。

「あ、はい」

「ここの所、退校理由の欄、記入されていません」

愛理が見えるように書類を回転させ、空白の欄を指さした。

「え、……理由、ですか」事情が事情なだけに、わざと書いていなかった部分だ。

「太枠のなかはすべて記入していただく決まりなので」

「……すみません」

しばらく迷ったあげく、愛理は「一身上の都合」と書いた。女性は多少不満げに眉をひそめたが、そのまま続きの項目のチェックに目を落とした。

イッシンジョウノツゴウ。いつ覚えた言葉か定かではないが、余計な詮索をされたくない時に便利な言葉として印象に残っていた。覚えておいて良かったな、意外なところで役に立った。イッシンジョウノツゴウ。イッシンジョウノツゴウ。

愛理が心の中で繰り返しているうちに女性は書類のチェックを終えていた。

「はい、大丈夫です。これで手続きはできました」

「……ありがとうございました」

軽い会釈をして愛理は部屋を後にした。廊下に出ると、先ほどまでの雑踏が嘘のように静かだった。これでようやく予備校から解放されたかと思うと、清々しい気分だ。

来た時と同じ道を戻り連絡通路を渡っている途中、一コマ目の終了を告げるチャイムが鳴った。それと同時に静まりかえっていた空間から一斉に音が溢れ出した。人や物が動く音がビル全体に響いた。愛理は音が鳴る中心部へ向かって歩いた。このまま家に帰ろうと考えていた時、聞き覚えのある声に呼び止められた。

「あ、エリ、いたあ！」

ふわふわと髪を弾ませて、優衣が小走りでやってきた。その後ろには、ズボンに手を入れて歩く勇も見える。

「どこ行ってたの？　朝ゲートの所で見かけたのに教室来なくて、ずっと探してたんだよぉ？」

「あー、そうなんだ。……ごめんね」

あまり会いたくない人物に会ってしまった。特に優衣は、連絡を無視したままだ。こんな風に親し気に近寄られても、どうすればいいのか分からない。

「ねぇねぇ、どうしたの？　具合悪いの？　大丈夫？」優衣が愛理の両手を握った。

「宇佐美、落ち着けって」遅れて追いついてきた勇が声をかけた。

「だぁってー、心配したんだよ？」

「予備校辞めることにしたから、その手続きに……」

「えー！　予備校辞めちゃうの？　どうしてぇ？」

「……まあ、ちょっと。やっぱり自分のペースで勉強したいかなって」

当たり障りのないように、適当な嘘をついた。

「やだぁ、ショックー」

優衣は俯いていかにも寂しげな表情を見せた。それは妙に愛理の心をささくれ立たせた。昨日優衣から送られてきたメッセージを見た時の感情と似ている。この感情の正体がはっきりさせられないから、表に出すこともできないのがもどかしい。

「いつから来ないんだ」勇が横から問いかけてきた。

「明日」

「えーじゃあ、もう、ここで会えないんだぁ。寂しいな」

顔を上げて潤んだ瞳で愛理を見上げてきた。

「うん私も、寂しいかな……」

どうせ、友達思いアピールのための方便のくせに。頭の中ではそんな意地の悪い言葉が浮かんだけれど、口からは聞こえのいい言葉がこぼれた。日常的に方便を使うのは、むしろ自分のほうかもしれない。

「次からは外で会おうね」

「え、もう会わないよ」

このまま話が終わると思っていた愛理は、咄嗟に本当のことを言ってしまった。しまったと思ったが、もう遅かった。

「ええ、なんでぇ？」すかさず優衣は食いついてきた。

「なんでって言われても……。気にしないで」

そのまま二人の横を過ぎ去ろうとしたが、優衣に腕をつかまれた。

「待って、なんで会えないの？　私エリと会いたい」

「だから、会えないって言ってるじゃない」

「どうして？　私のこと嫌い？」

「なんでもいいじゃない、色々あるの」

「色々じゃ分かんないよ……」

　優衣は手を放そうとしない。他人のことにそこまで首を突っ込もうとする感覚が全く理解できない。拒絶されているのに食い下がる図太さは、とても真似できない芸当だ。

「気にしないで、私の都合なんだから」

「えぇやだよ。昨日のことだって誤解されたままだもん」

「そのへんにしとけよ」

　勇が二人の間に入り手を放そうとするが、優衣はより一層強く愛理にしがみついてきた。

「イサムだってエリ居なくなったら寂しいでしょ？」

「俺は、どっちでも……」

「イサム冷たぁい。エリのこと嫌いなの？」

　次第に優衣が涙ぐみ始めた。涙が愛理の腕に落ちて、服が染みた。

「別に、そういうことじゃねぇよ」

　なだめようとする勇の苦労も功を奏さず、優衣の瞳からどんどん涙が溢れてくる。染みた服から伝わる優衣の涙の温かさが、愛理にはとても不快だった。人の迷惑も考えずに

「というより、会いたくない」

その言葉が最後のとどめになったようだ。絶句した優衣は、踵を返して元来た道を走りだした。小さな背中が遠ざかっていく。勇は数秒愛理を観察してから、優衣の後を追いかけて行った。二人が去った後、溜息を吐いて愛理は再び歩きだした。

予定はしていなかったが、これで二人に別れの挨拶をすることはできた。生徒が行き交う廊下を歩く愛理は、ふと歩みを止めた。ポケットに手を入れ、携帯を取り出した。この中には、交換させられていた優衣の連絡先が入っている。メッセージアプリを開いてリストの中から優衣を探した。もう会いたくない、とこれ以上ないくらいはっきりと伝えたつもりだが、万に一つの可能性も消しておきたい。いくら口に出しても、こちらの意図が微塵も伝わらないことがあるのを、最近思い知ったばかりだ。優衣のことも信用ならない。すべてを完璧にして最後を迎えるべきだと決意した愛理は、優衣のアカウントの横にある「ブロック」をタップした。『ほんとうにブロックしますか？』というメッセージもろくに読まずに『ＯＫ』を押した。

これで優衣との連絡手段は途絶えた。とても簡単だった。指先一つで断つことができる。それも自分の意志で一方的に。だからこそ、今あるか細い繋がりに皆がしがみ付こうとするのかもしれない。愛理の腕にしがみつき、涙を流した優衣の姿が思い出された。友達が一人居なくなるくらい、あんなに泣くほどのことじゃない。優衣がなんであそこまで必死になるのかが理解できなかった。

他人が一人が居なくなったって、日常は何も変わらない。それが恋人でも友達でも、たとえ家族でも。どんなに悲しみに打ちひしがれていようと、明日や明後日、明々後日を変わらず過ごしていく。日々悲しみに耐えているうちに、その悲しみにも慣れていき、思い出さなくなり、そうして悲しみ自体に鈍感になっていく。その程度のことじゃないのか。

ぼんやりと正確のないことを考えていたら、一階のゲートの前まで辿り着いていた。愛理は立ち止まり貸し出し用のカードを取り出した。ゲートを通り抜け、窓口で貸し出し用のカードを返すと、振り返ることなく地下の駐輪場まで下りた。

自転車を押して駐輪場から出ようとした時、管理室が目に入った。いつもは古いテレビを見ている主は、今日はどこともつかない一点を見つめてじっと座っていた。日頃から気になっていた干渉されない生活。もうその姿をこっそり眺めることもなくなる。

自転車を押しながら探るように彼女の城に近づいた。タイヤのチェーンが回る音が駐車場に響く。午前中のこんな中途半端な時間に、駐輪場に来る生徒も居ない。駐輪場には都合よく、愛理の姿しかなかった。

「あの……」

そっと声をかけてみたが反応がない。

「あの、すみません！」

主の黒目だけが勢いよく動き愛理を捕らえた。カメレオンやカエルを思わせる瞳が安い蛍光灯に照らされて、ひと際黒々として見えた。

「は、話があるんですけど」

「……なんだい」

低くて重量感のある声が発せられた。年齢のせいなのか声がしわがれている。まさに主と言うにふさわしい貫禄だ。

「あ、……その」

想像以上の威圧感にたじろいでしまった。愛理が動揺している間に、主の視線が元に戻ってしまった。

「今、予備校を辞めてきたんです」

苦し紛れに話題を探した。主は愛理に興味を示そうとしない。

「そうかい」主はコンクリートの壁を見つめたままだ。

「それであの、聞きたいことがあるんですけど」

「用があるならさっさと話しな」

主は大きなため息をついた。迷惑だという気持ちを隠そうともしていない。

「あの、こ、この仕事始めてどれくらい……ですか」

「そんなこと、あんたに答えてなんになるんだい」

主の目が再び愛理を捕らえた。先ほどよりも眼光が鋭い。思わず逃げ出したくなるのをぐっと堪えた。

「いえ、あの……聞いてみたくて」

「ふん、邪魔だよ。早く帰りな」

「ちょっとでいいから、教えてくれませんか……どうしてここで働いてるんですか」

緊張でハンドルを握る手に汗が滲んだ。

「あんたなんなんだい、鬱陶しいね」

主の声が大きくなり凄みを増した。寂れた地下の空間に反響する。

「ま、毎日見てて。その、気になってて……」

「辞めたんだろ。関係ないじゃないか」

コバエを追い払うかのように顔をしかめた。普段の愛理ならとっくに尻尾を巻いて帰っているが、今日はここで引きたくはなかった。

「最後に、これだけ。この仕事好きですか」

「しつこいねえ。好きでこんなことしてると思うのかい？」

主は顔じゅうのシワを眉間に集めて苦々しい顔をした。愛理が想像していたものとは真逆の答えが返ってきた。

「好きじゃ……ないんですか」

「あんた馬鹿かい。こんなとこ、牢屋と同じだろ」

「……牢屋？」

「見りゃ分かるだろ？　このコンクリート部屋で座ってるだけじゃないか」

「でも、人に邪魔されないし。自由だし……」

「そんなのの何がいいんだい。ちゃんと人と関わっていかなきゃ、人間が腐っちまうよ」

そんなはずはないと思った。自分が憧れていた環境が牢屋だなんて。この人は自分がどれだけ恵まれているか分かっていないだけだと感じた。

「じゃあ、ここでなにを……？」

「何も」

「何も？」

「言ったろ。時間になるまでここで座っているだけさ。おまけに今日はいつも見てるテレビが壊れたんだ。困ったもんだよ」

「でも、この駐輪場の管理とかは……」

「こんな所、綺麗にしてもどうせ無駄だろ。備品が壊れれば上に居る事務のお姉ちゃんが交換してくれる。私はせいぜい、空気入れを貸すくらいだよ」

「ならどうして、ここに居るんですか」

「ふん、好きで居るんじゃないよ。この足さえ悪くなきゃね」

主は自分の左ひざを軽く叩いた。

「足、悪いんですか」

「立ってると痛むんだ。昔は元気に動き回って、バリバリ仕事をこなしたんだがね」

「でも他の場所だと、今みたいに好きにテレビも見れなくなりますよ。人付き合いも大変だし」

この環境を手放すなんてもったいないことだと思い直して欲しかった。愛理が思っている通り、とても自由で不満のない環境だと言って欲しかった。

「それでもいいさ。ちゃんとした所で働くほうがいいに決まってる。あんたもしっかり勉強して、いい会社に入って真っ当な仕事をするんだね」

そう言い終わると主は背を向けてしまった。これ以上話をする気はないようだ。

「ありがとうございました……さよなら」

その背中に小さく会釈をし、自転車を押して足早にその場を離れた。地上へ出ると急いで自転車に跨り、逃げるように家への道を走った。

※

玄関の扉を乱暴に開けて靴を脱ぎ散らかし、一目散に自室を目指した。ドアを開けるとそこには、家を出た時と同じ状態の部屋があった。

邪魔な物は壁に押しやり、部屋の真ん中にスペースを作った。机の引き出しを取り外し、逆さまにひっくり返した。引き出しの中に入っていた物が床にばら撒かれた。ペンやメモ帳、キーホルダー、ホッチキス。様々な物がカーペットの上に転がり落ちた。大きなビニール袋を用意し、処分してもいい物はその中に投げ込んでいった。作業を始めると次々にビニールの中にいらない物が溜まっていった。愛理は無心で手を動かした。主と話をしてから正体の分からない焦燥に駆られていた。

転げ落ちた雑貨のなかに、見覚えのない小さな箱が紛れていた。掌に収まる大きさの無地の紺色の箱。落ちたその箱を手に取った。いつ手に入れた物かも、何が入っているかも思い出せない。そっと蓋を開けてみると、女の子用の小さなおもちゃの手鏡が入っていた。全体が黄色のプラスチックでできていて、柄の部分にはピンクのリボンの飾りがつけられている。愛理の記憶では、こんな趣味を持っていた時期はない。そもそも子供の頃、自分のためにおもちゃを買ってもらった記憶がない。いつも兄のお下がりを使って遊んでいた。

いつ、どうやって机の引き出しに、しかも箱入りで保管されることになったのか。愛理は過去の記憶をたどった。高校、中学校、小学校。どの時期にも思い当たる節はない。さらに記憶を遡って幼稚園の頃を思い返した。

すると、一人の少女の存在が思い出された。もう、顔も名前も思い出せない。そんな誰かが居た、という程度の記憶にしかない少女だ。母親同士の仲が良く、少女の住むアパートが近くにあったことがきっかけで知り合った。毎日のようにアパートの敷地内や、併設された小さな公園で夕方まで遊んでいた。時にはボロボロの空き家に忍び込んで、ちょっとした冒険を楽しんでいたこともあった。

しかしある時、少女の引っ越しが急に決まった。その事実を少女から教えられた時、渡しておくから返しに来てねと言われ、この小さなおもちゃの手鏡を受け取った。引っ越しの当日、少女の所に行きたいと親に訴えられなかった愛理は、渡された手鏡を返すことができなかった。そのことを幼心に申し訳なく思い、次に会えることに期待して箱に入れて取っておくことにした。数年経った後も、愛理を待っていたであろうその少女を思うと捨ててしまうのも忍びなく、やがてそのまま忘れ去られ、今の今までこうして保管されていたのだ。ようやく日の目を浴びることができた手鏡だが、今となっては、返す相手の名前も覚えていない。こんな機会でもなければ、もう思い出すこともなかっただろう。思い出したところで、今更返せるはずもない。愛理はおもちゃの手鏡を箱ごと処分用のビニール袋に入れた。

　愛理にとって大切なのは、今までどれだけ大切にしてきたか、ということだけだ。それだけを頼りに持ち物を振り分け、思い入れが強い物に限って保管用に分類した。

　作業を進めて数十分で、処分用の大きなビニール袋が一杯になった。言い換えれば、愛理の周りにはそれだけ余分な物があったということだ。どんなに高値の物だろうと、人からのプレゼントだろうと、サッパリと、容赦なく、潔く排除する。それは、過去に対する仕返しの儀式のようなものだった。

　厳選に厳選を重ねて、残しておきたい物を決めた。くたくたになるまで揉みしだいてきた柔らかいピンクのクッション。繰り返し聴いた古いＣＤ。幼い頃、少ないお小遣いで地道に買い集めた漫画。きらきらと装飾が光る小物入れ。着たくても着れなかった憧れの服。使えなくなったカセットウォークマン。どれも愛理が大事にしてきた物たちだ。それらは大きな段ボール箱に慎重にしまい、クローゼットの奥に隠した。当日まで、両親に悟られないよう隠しておかなくてはならない。処分用の袋も、クローゼットの中に押し込んだ。男から預かっていた包丁は、空になった引き出しに戻した。これがあるから大丈夫。あの人はきっと、約束を守ってくれる。そう自分に言い聞かせた。

仕分けが終わって疲れた愛理はベッドで横になった。気が付けばもうとっくにお昼を過ぎている。物を動かしたせいで、部屋の中の埃が空気中に舞っている。埃を吸い込んでしまったのか、舌の上が妙にざらついて気持ちが悪い。

横になりながら、どうやって男への報酬を用意するか考えた。愛理自身の銀行口座がある。毎年お年玉を少しずつ預金している口座だ。自主的に預金しているというより、無理矢理親に没収されて預金させられているというほうが正しい。多少の額は貯まっているはずだ。けれどそれくらいでは到底、依頼の報酬には釣り合わない。親の口座ならばもっと多額のお金があるはずだ。親の口座のお金も渡してしまおうと思い付いた。

親の通帳は、キッチンの食器棚の真ん中の引き出しにある。その引き出しだけは鍵がけられている。開けられる鍵は両親の寝室にあるサイドテーブルの中だ。都合よく、明日は金曜日で平日。普段通りに親が仕事に出かけた後でなら、人目を気にせず鍵を探して通帳を持ち出すことができるはず。そこまで算段をつけて考えるのを止め、愛理は目を瞑った。

※

「愛理、居るの？　ただいまー」

母親が下から呼びかけてくる声が聞こえた。目を開けると、窓から差す日差しが赤い斜めの影を作っていた。数時間眠っていたようだ。何か飲み物を取ろうとリビングに下りた。母親が夕食の準備をしようとエプロンを付けていた。

「愛理寝てたの？」

「……うん」

「変な時間に寝ると夜眠れなくなるわよ」

「大丈夫」

「そんなに眠れるなんて羨ましいわね。お母さんなんて夜寝ようと思ってもなかなか寝付けないんだから」

そう言いながら母親は冷蔵庫から野菜を取り出した。

「そんなの知らないよ」コップを取り蛇口から水を入れた。

「喉渇いてるなら水じゃなくてお茶でも飲めば？」

「いいよ、水で」

「なんでよ。水なんか美味しくないじゃない」

いや、水が好きな人だっているでしょ。

「水が飲みたいの。放っておいて」一気に水を飲み干し、空になったコップは濯いで戻した。

「感じ悪いわね。普通にお話ししてるだけでしょ」

母親は軽快なリズムで野菜を刻んでいる。愛理は黙ったまま自室に戻ろうとした。これまでの経験から、このまま同じ空間に居てもいいことはないと分かっている。背を向けて部屋から出ようとした時、背中から母親が声をかけてきた。

「あ、そうだ。明日仕事休みになったから」

「え?」思わず愛理は振り返った。

「この前体調悪くて代わってあげたお友達が、明日代わりに出てくれるの」

「……なんで明日なの?」

気に留めていないフリを装って尋ねた。

「何よ。家に居ると都合悪いことでもあるの?」

野菜を切りながらちらりと愛理を見てきた。

「別に」

逃げるように自分の部屋に戻った。厄介なことになった。愛理の計画では両親が仕事に出かけた後に通帳を回収する予定だった。しかし母親が一日家に居るのであれば、いつも通り予備校に行くフリをして家を出るしかない。こんな大事な時についていていない。愛理は誰もいない部屋で一人大きくため息をついた。

　次の日、目覚ましが鳴りだすと同時に目を覚ました。普段なら両親ともに出かけているはずの時間だ。しかし今日は下の階に母親が居る。鳴り続ける目覚まし時計を止めて愛理はベッドから降りた。昨日と違って、全く気分が優れない。一階に下りるのが億劫だった。言っていた通り、母親は仕事に出かけずにキッチンで洗い物をしていた。

「ああ起きたの。朝ご飯何食べる？」

「パンでいい」愛理はいつもと同じように牛乳を取り出しコップに注いだ。

「それだけじゃ足りないでしょ。目玉焼き作るわ。半熟と固いのどっちがいい？」

「パンだけでいい。そんなに食欲ないし」お皿を取り出し、食パンを手に取った。

「この前もそんなこと言ってたでしょ。食べたくなくても朝はちゃんと食べなさい。果物切るわよ、バナナとリンゴどっちがいい？」

「いらないって」

「いらないいじゃないの」フライパンに油が敷かれコンロに火が付いた。

「ねぇ聞こえてる？　食べられないんだってば。ちゃんと食べなきゃっていうのも分かるけど、朝から沢山食べられないし、いつもと同じものが食べたいの」

　数日前も同じようなやり取りをして、食べられないと言ったのを忘れたのだろうか。毎回毎回同じことを繰り返していることに、だんだん煩わしさが募ってきた。どうしてこうも言葉が通じていないのか。こんな日常の些細なことなのに、悲しさすら感じる。

「なにイライラしてんのよ。そんなことでいちいち怒ってちゃ、あなた友達できないわよ」

「よく言うよ。自分だって人の話聞かないくせに。周りから嫌われてるのはそっちでしょ」

「そんなことありません。お母さんはちゃんとお友達居るんだから」

卵を落とされたフライパンから油が跳ねる音が飛び交い、母親の言葉が半分重なった。

「どうせ陰で悪口言われてるよ」

だが実際、母親は自慢の外面の良さでそつなく人間関係を築いている。家ではこんなに話が通じないことを、他の人が知らないのが口惜しい。

愛理は食パンを載せたお皿を力任せにテーブルの上に置いた。今にも割れそうな音が部屋に響いた。

「ちょっと、丁寧に扱いなさい。割れちゃうでしょ」

「なんで私の言うことだけ無視なの。食べたくないっていってるのが聞こえない？」

「うるさいわね、まったく。分かったわよ。なによヒステリックに。変な子ね。早く支度しなさい、予備校遅れるわよ。途中でお腹空いても知らないから」

母親はコンロのつまみを捻って火を止め、中途半端に焼かれた卵をごみ箱に捨てた。スライムが弾けて潰れたような、汚い水音がした。

「いっつもそうじゃん」

母親が折れても、愛理は追い打ちをかけた。普段ならこんなことはしない。しかし今日は違った。今吐き出さないと二度と言えないままになってしまう。こんな煮え切らない思いをあの世へ持ち込みたくはなかった。

「何言ってるの」

「小さい頃から、いつも私の意見は無視だったじゃん。欲しい服だって私に選ばせるくせに、最後はいつもお母さんが選んだ服ばっかり。あんなダサい服着るの本当は恥ずかしかった。子供の頃から勉強勉強って言ってたけど、もっと自分の好きなことしたかった。変な子って何？　産んだのは自分じゃない。勝手に産んどいてよくそんなこと言えるね」

母親は愛理の言葉に家事の手を止めたが、またすぐ台所作業に戻った。しばらく身構えていたが何も言い返してこない。不規則に鼻をすする音が聞こえ、そのたびに手を止めて目を擦っている。実の親が涙ぐんでいる気配に多少の罪悪感が胸をかすめたが、そんなものは見て見ぬふりをした。都合が悪くなると黙るのは、いつもの母親のやり方だ。

「……じゃあ私家出るから」

用意した朝食も食べずに、そのまま家を出て自転車に跨った。行くあてもなかったが、あのまま家に居る方が苦痛だった。嘘は吐いていないし、相手を侮辱するような言葉も言っていない。自分の思いを素直に吐き出しただけだ。そう言い聞かせながら自転車を全力で漕いだ。

ほどなくして駅前に辿りついた。同じ予備校生らしき若者達が一定方向に歩いていく道から外れて、以前優衣と歩いた道を進んだ。朝食を食べずに出てきたうえに、力まかせにペダルを漕いだせいでお腹が減っていた。どこかで食事をとりたかった。日頃外食をする機会もない愛理は、知っているお店が限られている。路地に入るとすぐに優衣と立ち寄ったあのカフェが見えてきた。店先の邪魔にならなそうな場所に自転車を停め、扉を開けた。店内は相変わらず、うるさくない程度の、小洒落たBGMが流れている。中に入るとトレーを持って歩いていた店員と目が合った。

「いらっしゃいませ。一名様でしょうか」

「あ、……はい」

そうはっきりと言われると、一人で訪れた自分が急に恥ずかしくなり、自転車でぼさぼさになった前髪を右手で押さえつけた。

開店時間から間もないということもあり、店内には愛理の他に白髪の男性が一人居るだけだ。窓際奥のソファーの席に座り、机には飲みかけのティーセットが置かれている。時折カップに口をつけながら一人読書をしていた。

「こちらのお席でいかがでしょうか」

店員がきちんと指を揃えて示した席は、男性とは違う方角の窓際だった。愛理は頷いて椅子に座った。

「ご注文お決まりになりましたらお呼びください」笑顔を見せて店員は去っていった。

渡されたメニュー表には軽食が中心に記載されていた。この前来た時とは違うメニューだ。時間帯でメニューを変えているのだろう。一通りメニュー表に目を通し、注文をしようと机を見渡したが、店員を呼ぶボタンがない。どうやらここは、自分で呼ぶスタイルのお店だったらしい。以前来た時は優衣に任せていたので気が付かなかった。店員を呼びつけるなんて、愛理にとってはハードルが高いことだ。動き回る店員をどのタイミングで呼べば邪魔じゃないのか分からないし、緊張して変な声を出してしまうかもしれない。しっかり店員の動きを観察してから、入口のベルよりも小さい声で店員を呼んだ。店員は愛理の声に反応して瞬時に向かってきた。その動きは訓練を積んだ犬並みに機敏だった。

やって来た店員にハムとチーズのホットサンドを注文して窓の外を見ると、人一人歩いていない静かな住宅街が見えた。細い道の両側にはドールハウスのように綺麗な家々が並んでいる。木目調の作りで花が沢山植えられた家。大きな車庫がある白と黒のモダンな家。広々とした半円形のテラスがある家。背の高い三角屋根のオレンジの家。そのどれもが丁寧に手入れをされている。そこに住む人達の円満な様子を映しているようだ。

家での母親とのやり取りを思い出しながら外の景色を眺めた。ここから見えるよその家はこんなに居心地が良さそうなのに、どうして自分は家を飛び出して、カフェで朝食を食べるハメになっているのだろう。ドラマに出てくるような家が並ぶ街並みも、座り心地が追求されたカフェの椅子も、店内で流れるＢＧＭも誰も答えを与えてくれない。唯一、運ばれてきたホットサンドの香りだけが、愛理を出口のない思考から引き戻してくれた。

「お待たせしました、ホットサンドでございます」

目の前に差し出されたお皿からは、ほんのり湯気が立ち昇っている。途端に身体がエネルギー不足を訴えてきた。自問自答は中断して、目の前の温かい料理に集中することにした。

三角形にカットされたパンにかぶりつくと、反対側からチーズがはみ出した。食べ進めるうちに心のエネルギーも満たされるのを感じ、心も身体も、冷え切ったものには温かいものが有効だと学んだ。最後の一口までゆっくりと噛みしめ「ごちそうさま」と呟きそっと手を合わせた。

店内の時計を見るとまだ十一時を過ぎたばかりだ。家には戻れない。かといって予備校にも行けない。愛理は今日のこれからの予定を考えた。一つ、死ぬ前にやりたかったことを思い出した。

携帯を取り出して画面を点けた。無造作に並んだアイコンの中からＳＮＳのアイコンをタップした。フォロー数、フォロワー数ともに百人もいない、いつ見ても通知がゼロのアカウント。

自分のアカウントのページから退会のボタンを押そうとして、指を止めた。消す前に一言挨拶の言葉を残しておくほうが印象的かもしれないと思い直した。何を言うべきか迷い、何度もやり直しながらメッセージを打った。ようやく完成した『今までありがとうございました。さようなら』という文字が、洪水のように更新されていく投稿の中に投げ込まれて消えていった。

思わせぶりなことを投稿すれば、何か反応が来るかもしれないという期待が僅かながらにあったけれど、それよりもっと、誰にも気づかれないことに賭けていた。今までの経験からすると、そのほうがより現実的だ。期待をしても、ほとんどの場合その通りになんかなってくれやしないことは、とうの昔に学んでいる。

愛理は自分の投稿を見送り、背もたれに寄りかかって水を手に取った。

あの男の人がどうやって殺してくれるのか見当もつかないけど、頑丈なロープがあったら役に立つかもしれない。死体はどうやって処理するつもりなのかも気になる。親の通帳は今夜、男が来る前に鍵を持ち出して手に入れるしかない。それまでに出来る限りの準備をしておきたい。

ひとまず必要そうな物を買いに行くことに決め、愛理は席を立った。入口のレジへ向かう途中、最初に見えたおじさんが本を開いたまま寝てしまっているのが見えた。

店の外へ出て自転車に乗り、駅の方角へ向かった。駅ビルの中にあるホームセンターで役立ちそうなものがないか物色した。平日の昼間のホームセンターに愛理以外の女性の姿はなかった。少ない客の大半が高齢の男性だ。手早くロープ、軍手、大きな袋を買ったところであることに気が付いた。

殺されるということは、死因を特定するために解剖される可能性がある。その時は下着から何から全部を見られることになる。自分の名誉のためにも、絶対に新しい下着を身に着けていなければならない。

ホームセンターを出ると、隣のビルに入っているレディースのフロアに向かった。自分で自分のために、好きに服を選んで買うなんて初めての経験だ。一人で華やかなフロアを歩き回るのは何故か肩身が狭かった。ホームセンターよりも人通りが多い。できるだけ周りと目を合わせないように歩みを進めた。

レディースフロアに並ぶ店は、そのどれもが色合い鮮やかだ。その中でもひときわ派手な赤色の下着を飾っている店が目についた。シャンデリアのような照明にピンクの壁紙で優衣のような女の子が好きそうな店だ。明るい照明の下で、繊細な装飾がされた色とりどりの商品が店内を埋め尽くしている。そのどれもが、丸くとがった女性特有のシルエットを保ち堂々としていた。店内に居る客も店員も、ウェーブのかかった明るい髪色の人ばかりだ。近づいてみたものの、自分には場違いな気がして足を踏み入れる勇気が出ない。入店した瞬間「お客様は当店にふさわしくありません」と言われ咎められるのではないかという妄想が頭に浮かぶ。

慎重に足を踏み入れた途端、女性店員二人がすかさずこちらを見てきた。愛理は素早くイヤホンを取り出し、話しかけられなくて済むように防御策を講じた。おかげで積極的なセールストークをされることはなかった。何気なく店内を見て回り、気になったものをいくつか手に取ってみたが、しっくりくるものは無かった。店内を一周した時、愛理が触った商品は後から後から、店員によってさりげなく陳列し直されているのに気が付いて触るのをやめた。

黄色いレース付き、薄手の綿素材、パッドが入った濃い色の花柄。普通の女性なら「かわいい」と喜びそうな下着が並んでいたが、どれも買う気になれない。最後に身に着けるにしては派手すぎる。死んだ後に服を脱がされ、いかにも女性らしい下着を見られる事態は避けたい。

人が死ねば、当然警察が動くだろう。それが他殺であることも、被害者が抵抗をしなかったことも、調べていくうちに明らかになるはずだ。自ら望んで殺された少女。そんなセンセーショナルな事件の中心になる存在が派手な下着を身に着けているなんて、女臭くてみっともない。もっとシンプルで純情な少女らしいものがよく似合う。もちろんショーツもお揃いのものでなくてはならない。店内を隈なく探してみたが、愛理が求めているようなものは置いていなかった。

仕方がないのでエスカレーターで上のフロアへ上がり、他の店を探した。そこには、下のフロアよりも落ち着いていて高級感のある店が並んでいた。フロアの隅でランジェリーショップを見つけた。店内も商品もシックで落ち着いたデザインで統一されている。丁寧に並べられた商品を見て回ると、店内のマネキンが身に着けている下着が目に留まった。シルクのようなつるんとした質感の白い生地で、ふくらみのある綺麗な丸みを帯びた形が洗練されている。細く繊細な肩のストラップが、華奢な少女という印象を演出してくれそうだ。そして何より、上品な光沢がありながら、ほとんど無地に近いデザインなのが気に入った。カップの下半分に小さく花柄の白い刺繍があしらってある程度だ。値札を捲って見ると今まで買ったことがない桁の金額が書いてあった。しかし愛理は全く躊躇わなかった。この世から居なくなる身でお金の心配なんかしても仕方がない。別売りになっている同じデザインのショーツも一緒にレジに持っていった。

下着を持ってきた愛理を見て、レジに立つ店員は物珍しそうな顔をした。一瞬のうちに頭から足先まで愛理の身体に視線を滑らせた。しかし何も言うことはなく、マニュアル通りに会計を始めた。詮索をされることもなく、目当ての商品を買えたことに安堵した。

どうせなら服も新しくしようと思い付き、再びフロアを回った。洋服にはさほどこだわりがなかった。ただ、下着と同じように女性らしい服は似つかわしくないと思い、できるだけシンプルなものを探した。通常の店ではなかなかシンプルな服が見当たらず、家具や雑貨も扱っている店で白のTシャツと濃い色のジーンズを買った。どうやって死ぬかは分からないが、スカートだと倒れた時に捲れてしまうという一点で、ズボンを穿くことにした。他人に見られるとしても、解剖で脱がされて見える下着と、意図せず晒されてしまう下着では全く意味合いが違う。

一通り買うものを買って、愛理は時間を確認した。時刻は十六時過ぎだ。いつも予備校が終わる時間にしては早めだが、愛理は家に帰ることにした。今朝のことがあるので気乗りはしないが、帰らないわけにもいかない。こういう時家族というものには逃げ場所がないのが厄介だ。

ビルを出て、買った商品を自転車のカゴに投げ込み、ペダルを漕ぎだした。風が容赦なく額を丸裸にしてくる。朝の出来事を反芻しながら、いつもより遠回りの道を選び風景を辿りながら自転車を漕いだ。

できるだけ母親が外出してくれていることを願っていたが、家に着くと車が停めてあった。母親が家にいる証拠だ。手にした大きな買い物袋が見つかれば予備校に行っていないことがバレてしまう。その次には、なんのために何を買ったのか問い質されることになる。人の買い物にまで首を突っ込むお節介でなければこんな苦労しなくて済むのに。そう思いながら、愛理は玄関の扉を静かに開けて中の様子を窺った。テレビの音が聞こえるだけで母親が動いている気配がない。できる限り音を立てないように靴を脱いでリビング脇の階段を上った。自室に入り荷物を置いた時、母親の声がした。

「愛理、帰ったの？　ただいまくらい言いなさい！」

階段の下から叫んでいる。無視をして部屋にまで入ってこられては困る。唸り声にも近い曖昧な返事を返した。

「愛理！　返事くらいちゃんとしなさい」

母親が階段から遠ざかっていく足音を確認し、肩の力を抜いた。買ってきた物はクローゼットに隠した。収納しきれていない洋服を上に被せてカモフラージュした。服を脱いで部屋着に着替え、着ていた服はベッドに放りなげた。その上に横になりながらＳＮＳを開いた。服を思いきり下敷きにしていたが気にしない。朝方カフェで投稿したメッセージにどれだけの反応が来ているか確認したかった。

いいね1、返信0

画面にはそう表示された。「いいね」をしたのは、幾度かやり取りをしたことのある、ネット上の知り合いだ。少ないとはいえ数十人のフォロワーがいるはずだ。その中で反応した人が一人。メッセージを送ってくるわけでもなく、「いいね」だけを残していった。

愛理が投稿した時間帯の他のアカウントの投稿が目に入った。ほとんど同じタイミングで『ねむい』と投稿するだけで、沢山の「いいね」がつき、沢山の返信を貰っている人もいる。画面を見つめ、漠然とした思いを抱いた。

ネット上では、自分を気にかけてくれている人の数が、如実に数字となって表れる。多くの反応を貰えることは期待していなかったが、実際目にしてみると、この数字は想像よりも強く現実を叩きつけてきた。愛理に与えられた数字は「1」だ。お前に何があっても、皆構いやしないのさ、気にも留めないよ。この数字は、そういう民意の表れのように感じた。

ベッドから下りて愛理はクローゼットを開けた。処分用の袋の中からキャラクターが描かれたメモ用紙を引っ張りだして机に座り一枚破った。シャーペンで書いては消して、また書いてを繰り返した。書き直す度に肘をついて悩んだ。何度も何度も繰り返し擦りすぎたメモ用紙は毛羽立ち黒ずんでしまった。愛理はそれをくしゃくしゃに丸めてゴミ箱に捨て、新しい紙を破った。窓から入る日差しが白から赤へ、赤から群青へ変わっていっても愛理は悩み続けた。完全に日が落ちたころ、母の夕飯を知らせる声が聞こえた。「んー」と返事をしてから、愛理はメモ用紙に一言書き記した。書かれた文字を読み返し、包丁と同じ引き出しに慎重にしまった。

※

しっとりとした暗い空気に包まれていた。時計の針が昼間より活力を持って鳴っている。午前二時十九分。暗闇の中を、ドアや床が軋む音に注意しながら愛理は自室から出た。下で寝ている両親を起こさないように、足を滑らせて一歩ずつ進んでいった。不用意に電気もつけられないから余計に慎重になる。階段はゆっくりとつま先から足をつき、一段ごとに足を揃えて立ち止まった。十分ほどで二階から一階へ下りることができた。階段を下りて目の前の部屋が両親の寝室だ。愛理は部屋の前に立ち、ドアに耳を当てて中の様子を探ってみた。ドアの冷たい感触がするだけで、なんの音も聞こえない。両親は寝ているようだ。ドアノブを回し、数センチだけドアを開けて中を覗いてみた。暗くてよく見えないが、二つの並んだベッドが、人型に盛り上がっていることが分かった。片方からは規則的な小さな寝息が、もう片方からは詰まった配管のような不規則ないびきが聞こえる。ドアから身体を滑りこませて部屋に入った。

カーペットが敷かれている場所を選んで細心の注意を払って移動をし、ベッド脇のサイドテーブルまで辿りついた。両脇で両親が寝ている。引き出しを開けようとしたが、建て付けが悪くて思うように開かない。愛理は段階的に力をかけていった。引き出しが動き出すと同時に木が擦れ合う低い音がした。予想より大きな音にひやりとしたが、両親が起きる様子はなかった。細々した雑貨が入れられている中に小さな鍵を見つけた。それを手に入れ、来た時と同じ要領で部屋を横切り、静かにドアを閉めた。再び廊下に出るとそのままキッチンへ向かった。長年住んできた家だが、真っ暗になると廊下の長さやドアの位置がつかめず足取りが覚束ない。手探りでキッチンの扉に手を掛けた。愛理の家はキッチンの扉がスライド式でとても重いうえに開けるとやかましい音を立てる。絶妙な力加減で扉を開けたつもりだったが、やはり途中でガタガタと大きな音が鳴ってしまった。両親の寝室までは聞こえてはいないはずだが、それでも愛理の心拍数は早まった。取ってきた鍵を使って大きな食器棚の真ん中の引き出しを開けた。深緑色の巾着袋が入っていた。巾着の口を開いて通帳とハンコがあることを確認し、引き出しを閉めて鍵をかけなおした。両親の寝室に戻り、慎重に鍵を戻した。途中、片方の布団が大きく寝返りを打って寝息が止まっていた。無事に部屋に戻った頃には約束の時間まであまり時間が無かった。

自室の扉を閉め電気を点けた。蛍光灯が光り、暗闇に慣れた目が一瞬眩んだが、すぐに明るさに慣れていった。明順応って言ったっけ、これ。愛理はいつかの生物の授業で教わったことを思い出した。急いで買っておいた下着と服に着替え、クローゼットから処分しない用の段ボール箱を引きずり出した。

一息ついた後、通帳の残高がどれほどあるのか気にかかり巾着を手にした。今まで家の経済事情は一切知らされてこなかった。幼い頃どれくらい預金があるのかと尋ねた時には「子供はそんなこと気にしなくていいの」と一蹴された。銀行について行った時も、残高が見えないように隠されていた。毎日働きに出る父。パートで働く母。学校は兄妹二人とも国公立の学校に通った。家族旅行だって、小学校に上がる前に一度行ったきりだ。外食も滅多にしない。普通の家庭よりよほど倹約してきたはずだ。

部屋の中央で立ち尽くし、玉手箱を開けるような気持ちで通帳を開いた。あの男を助けられるだけの金額、死ぬ手伝いをしてくれる報酬として見合うだけの、恥ずかしくない金額が残っているに違いないと胸が弾んだ。

沢山のページに渡り記された数字の最後は、愛理の予想に一桁足りなかった。決して少ない金額でもないけれど、期待していたほどでもない。実に夢のない数字だった。日々働いて贅沢らしい贅沢もしてないのに、この程度なのか。欲しいおもちゃを指を咥えて我慢してきたことが馬鹿らしく思えてくる。

そうしているうちに約束の時間が迫っていた。通帳を巾着に戻して、ベッドに座って男を待った。暇つぶしに携帯をいじってみても集中できない。緊張で胃の辺りが疼いている。こういう時は内臓があることを改めて思い出す。

苦しいのか、痛いのか。血が出ることも考えられる。最後に目に映るものはあの人の顔だろうか。色んな想像をしながら時計の針を見てカウントダウンを始めた。

そしてついに約束の時間がきた。しかし男は現れず、家の外からは物音一つしない。誰かが来る気配が全くない。もしかしたら男は現れないのではないかと嫌な考えが浮かんできたが、愛理はじっと耳をそばだてて待った。

約束の時間から五分ほど経過し、重い物が地面に落ちる音が聞こえた。葉っぱが揺れ、何かが外で動いている物音が徐々に大きくなった。そして。

窓ガラスを叩く硬い音がした。ベッドから立ち上がりカーテンを開けると、窓の外に男が立っていた。前と同じ帽子を被っていたが、マスクをしていない。愛理は窓を開けて無言で招き入れた。男は靴を脱いでから窓枠を跨いだ。部屋に足をつけるとポケットからビニールの袋を取り出し、素早く靴を袋に入れた。土を落とさないように袋の口を縛って背中に提げたリュックにしまった。

「……こんばんは」

リュックのチャックを閉めながら、男は部屋全体を見渡した。

「はい。こんばんは」

愛理は改めて男の顔を観察した。好き勝手自由な方向に癖のついた髪。長い前髪の下で小さく存在感を放つ目。顎に残った無精髭。右目の脇にホクロがある。特別目立つような風貌ではないが、どことなくキリンを思わせる雰囲気があった。

「……静かですね」男は愛理を見て素早く目を伏せた。

「そうですね、夜中ですし」

「その箱、何が入ってるんですか」男は部屋の真ん中に鎮座している箱を見て言った。

「遺品整理をする時に捨てて欲しくない物をまとめたんです」

「貴女が死んだ後の……？」

「はい」

「そうですか……」

そう言って男は黙った。まだ視線を巡らせ部屋の中を観察している。

「……どうかしましたか？」

「あ、いえ。なんでもありません」巡らせた視線を戻し、左腕をさすった。

「じゃあ……始めてください」

愛理は覚悟を決めて拳を握った。

「その前に……一つ聞いてもいいですか」

「あ、はい、どうぞ」

「本当に、今死んで後悔しないんですか……」

「もちろんです。後悔しても、後悔したことを後悔しない」愛理は迷わず答えた。

「後悔したことを、後悔しない……」

男は言葉の意味を探り出すように小さく繰り返した。

「恨んだりとかはしないから、安心してください」

「いえ、それはいいんですが……」

「どうしてそんなこと聞くんですか？」

「少し……気になったので」

「どうかしたんですか？　早く終わらせた方がいいですよ」

「ええ。あの……」

「何か？」

「良ければ名前を……教えてくれませんか」

思ってもいない提案だった。

「名前？　知ってどうするんですか……？」

これから死ぬ相手の名前を知りたがるなんて、見かけによらず屈折した趣味を持ってるのかもしれない。変なプレイで殺されるのはできれば避けたいところだ。

「そうですよね……」男は笑うように口角だけ引き上げた。

「私は、どうすればいいですか」

「……包丁は、どうしましたか」質問に質問で返された。

「……ちゃんとありますよ」

愛理は引き出しから包丁を取り出して机の上に置いた。歯の部分に巻かれた使い古されたタオルが目を引く。所々ほつれて、糸くずが机に落ちた。

「良かった、持っていてくれたんですね」

「約束ですから。使ってもないです」

「あの、おうちの人達は……？」

「親が一階で寝てます」

「他には」

「家に居るのは両親だけです」

「そうですか……」

男は窓際に立ったまま、身体を左右に揺らした。以前も見た仕草だ。

「あの……大丈夫ですか」

「ええ、まあ……」

どうも男の様子がおかしい。無駄に時間を過ごしている余裕はない。数時間もすれば両親は起きてくる。それまでに実行して、証拠を隠して、私の死体も処理しなくてはならない。悠長にしていては男自身が困ることになる。

「急がないと両親が起きちゃいます」

「……はい」

返事はするものの、いつまでたってもそれらしい行動を始めない。男の態度をじれったく感じた。だんだんと苛立ちが募ってくる。

「準備とかしなくていいんですか」

「そういう……わけでは……」

「何かを待ってるんですか？」

「いえ……」

「じゃあどうしたんですか。ちゃんと話してください」

「なんと言うか……」

男の言葉はそこで止まってしまい、それ以降はまた口をつぐんだ。

「なんと言うか？」

「きっと、嫌な思いするでしょうから……」

「嫌な思い？　私が？　どういうことですか」

男はわざと目を逸らし、愛理を見ないようにしている。

「……やっぱり、止めませんか。こんなこと」

「え……？」

「申し訳ないんですが、この話は無かったことに……」

「……何言ってるんですか」

話の雲行きが怪しくなってきたことを感じて愛理は警戒心を募らせた。

「僕には、どうしてもできません」

「……できない？」

「……すみません」

「……冗談ですよね？」

「いいえ」

男は顔をあげた。今日初めて目があった。静かで揺らぎのない目をしている。

「……騙したんですか」

「そんなつもりはありません」

「だって、ここまで来ておいて。約束したじゃないですか」

「すみません」男はそう言って頭を垂れた。

「謝ってもらっても意味無いです」男の言葉に被せるように言い放った。

「……すみません」

「……なんで急にそんなこと言うんですか」

「それは……」男は言い淀んだ。

「理由くらい教えてくれますよね」

「……貴女が、こんなに本気だとは思っていなかったんです」

「……意味が分からないです」

「すみません……」

男は何度も謝るが、意見を変えようとしない。

「なんなんですか、それ……」

「貴女が真剣なのを見て、目が覚めたというか……」

「当たり前です、親の通帳まで持ち出してきたんですよ」

愛理は巾着袋を机から取り出し、男の前に突き出した。

「どうしてそこまでできるんですか」通帳を見て男は余計に戸惑っているようだった。

「どうしてって。そう約束したからです。それじゃだめなんですか?」

「自分が死ぬんですよ?」

「分かってます」

「怖くないんですか?」

「怖くてやめるなら、最初から頼んでません」

「貴女は通報することだってできたのに、僕に殺されるのを三日間も待っていた。でも、本来そんなこと普通じゃないんです」

「普通かどうかなんて……関係ないじゃないですか」吐き捨てるように愛理は言った。

「どうして、そこまで……」

「そう約束したからだって、言ってるじゃないですか」

愛理の頭が脈拍に合わせて痛み出した。電気の明かりの白さが、やけに目に刺さる。

「……最初に殺して欲しいと言われた時、とても驚きました。でも、時間を与えて冷静になれば、きっと考え直してくると思っていたんです」

「……最初から私のこと信じてなかったってことですか」

「……申し訳ない」

静かな怒りが身体の中で煮えたぎっている。伝えてあるはずのことが相手に届いていない。つい昨日も同じような思いをしたばかりだ。

「冗談でこんなこと……頼むと思うんですか？」

「ここに来て、今ようやく分かりました」

「信じてなかったのに、どうしてここに来たんですか」

「どうしても、預けていた物は返してもらいたかったので」

愛理は机の上の包丁を見た。もしもの時のための保険が役に立ったようだ。

「私が本気だと分かったんなら、それでいいじゃないですか」

話している間も頭の痛みが治まらない。男はこの前と同じように、頼りなく腕をさするばかりだ。

「嘘じゃないなら、本当に死にたいと思っているなら、それはとても寂しいことです。……もっと別の解決方法があるはずです」

「お節介、あなたになんの関係があるんですか！」

愛理は声を荒げた。男は身体を震わせ、腕をさする手を止めた。自分でも思いがけない怒号だった。両親を起こしてしまったのではないかと身を硬くしたが、下の階から物音はしなかった。感情的になるわけにはいかない。上手くいけばまだ説得できる余地があるかもしれない。数回深呼吸をして気持ちを落ち着かせた。

「……もし、私を殺さなかったとして。あなたの言う、寂しい人間の私はどうなるんですか」

「どうって……」

「殺せないって言うなら、この先ずっと、生きる手助けはできるって言うんですか」

「……それは」

「できるんですか」

「……難しいと、思います」

「約束を破るだけ破って、後は知らないふりなんて。大人はずいぶん汚いですね」

「貴女はまだ若いですから、これからいくらだって変えていけます」

男は半歩前に踏み出し愛理に近づいた。それに合わせて愛理は半歩後ろに下がった。

「そんな保証がどこにあるんですか。私はこれ以上」

言いかけた途中で、愛理の携帯から通知音が流れた。この場の空気に合わない軽快なメッセージアプリの音だ。タイミングを遮られた愛理は、言いかけた言葉を止め、机に置いた携帯に視線を落とした。液晶にはアプリのマークが表示され、画面を操作しなくても通知の表示でメッセージの送り主と内容は確認できた。

『市原勇　おい、大丈夫か？　宇佐美が心配してる。読んだら返事をくれ』

ＩＤを交換した時以来、初めての勇からのメッセージだ。意外な相手からのメッセージに驚いたが、考えるまでもなく状況が理解できた。愛理からブロックされた優衣に頼まれて、代理として勇が連絡をしてきたのだろう。涙ぐんで助けを求める優衣と、機械的にメッセージを打つ勇の姿が想像できた。目の前の男も愛理の携帯の通知に気が付いたようだ。

「こうして心配してくれる仲間も居るじゃないですか」

　男は携帯を示した。愛理は即座に反論した。

「心配？　この人は彼女に頼まれて送ってきてるだけです。まともに話したこともないのに、心配なんかしてないですよ」

「こんな時間にわざわざ連絡をくれるなんて、充分気にしてくれてるじゃないですか」

「勝手に夜更かししてるだけですよ」

「どうしてそんな風に言うんですか」

「あなただって、私を否定するじゃないですか」

「否定するつもりはありません。ただ、生きていて欲しいんです」

　男は困り果てたような顔をした。

「生きたらあなたはどうしてくれるんですか。これからずっと面倒見てくれるんですか。辛いことがあった時、寂しい時、いつでも慰めて励ましてくれますか。一生、私の味方でいることができますか」

　愛理は厳しい口調で問い詰めた。その口調が母親にそっくりなことを、頭の端でもう一人の自分が感じとっていた。機嫌が悪い時の母親の口調だ。気付きたくはなかったが、確実に影響を受けている。そんな自分ごと消してしまいたいと思った。

「それは……難しいですが、見守っていくことはできるかもしれません」

愛理が感情を高ぶらせても、男は変わらず落ち着いた様子だ。

「そんなの、何もしないって言ってるのと同じじゃないですか。あなたの言う通りに生き延びた先で、それでも死にたいって思ったら私を生かした責任が取れるんですか」

「それは、貴女も同じです。僕が貴女を殺したとして、裁かれるのは僕です。貴女には、その責任は取れない」

男の切り返しはとても的確だった。それでも愛理は、負けるものかと意地を張った。

「だから、代わりにお金を渡すんです。それに、直接でなくてもいい。道具の用意とか、場所に連れて行ってくれるとか。そうしたらその後は自分でやります」

「……けど、自分では死ねないから、僕に頼んだんですよね」

図星だった。本当に死にたいなら、自分で勝手に死ねば済む話だ。人を巻き込む必要はない。しかし、そんな勇気はなく、結局、赤の他人にその役目を押し付けようとしている。自分が簡単に見透かされていることが悔しかった。

「今まではきっかけがなかっただけです。そんなこと言うならもういい、自分でやります」

「や、やめてください。僕は貴女を死なせたくない。無理に……」

男はさらに一歩愛理へ近づいた。

「無理じゃない！」

咄嗟に机の上の包丁に手を延ばしていた。巻いてあったタオルをむしり取り、自分のお身体に当てた包丁は、呼吸でお腹が動くたび、刃先が皮膚に埋もれた。ほんの数秒の出来事だった。

「や、やめてください」男が手を延ばしもう一歩近づいた。

「ほっといて！」さらに深く、刃先をお腹に埋めた。

「そんなことさせたかったたんじゃないんです。すみません、言いすぎました」

男は今度は動かなかった。中途半端に上げた手が、宙で止まっている。

「うるさい、うるさい！」

「だめです、やめてください！」

「……なんなんですか。いい加減な気持ちで、こんなこと、頼むわけないじゃないですか」愛理は男の目を睨んだ。

「はい」

「馬鹿なんですか。できないとか言い出すの、ほんとありえない」

「……すみません」男は静かに相槌を打った。

「死ぬな、なんて、言われなくても分かってます」

「……はい」

「なんで生きてるのかも分からないのに……」

男は黙って愛理の言葉の続きを待った。

「死ぬのは私の自由です」

愛理は耐えられる限界まで包丁を皮膚に食い込ませた。下腹部に熱い痛みを感じる。ここからさらに、包丁が皮膚を突き破って弾力のある肉を引き裂いていくことを想像した。深呼吸をして、包丁の柄を持つ手に力を込めた。その様子を男は見ていた。

「……どこか行きましょう」

まるで予定のない休日に、恋人を誘っているような言い方だった。愛理は手を止めて男を見た。

「……なに、言ってるんですか」

しっかりと包丁は握ったまま、男の出方を窺った。

「抜け出すんです」

「抜け出す？」

「そうまでしたいのなら、僕には止められません。でもその前に」

男は短く息を吸った。

「その前に、少し付き合ってください。もう少しくらい、死ぬまでの時間が延びても困らないでしょう。せっかくなら部屋の中じゃなくて、景色の綺麗な所へ行きましょうよ」

愛理はわざわざ外へ行く必要性を感じなかった。今やどんなことも家の中でできて、どんな物も家まで届けてくれる時代だ。死ぬ場所だって家の中で事足りる。しかし、男の提案にも若干興味が湧いた。

「……あてはあるんですか」

「これから考えます」

「……そこまで付き合えば、殺してくれますか」

「……分かりません」

はっきりとは言わなくても、協力できないというのが本音なのだろう。それでは困るのだが、かといってこの話から完全に逃げられるのも都合が悪い。一人より二人のほうが何かと便利そうだという打算が働いた。

「……分かりました」

お腹に当てた包丁を離した。皮膚に穴のようなへこみが残った。男が素早く愛理の手から包丁を奪い取り、床に落ちたタオルで刃先をくるんだ。一連の動作を眺めていた愛理と視線がかち合った。

「あ、僕後ろ向いてます」

「え？」

「出かける準備するなら、見られたくないものもあるかと……」

男は周りを見ないよう、急に俯いて足の甲を見つめた。来た時にさんざん見まわしていたのを忘れたのだろうか。

「じゃあ、壁のほうを向いてください」

「はい」男は言われた通りに身体の向きを直した。

それを確認し、通帳の巾着と携帯を斜め掛けの鞄に入れた。クローゼットを開けて、買っておいたロープや袋を詰め込んだ。机の引き出しは綺麗に物が無くなっていて、メモ用紙が一枚だけ残されている。愛理はそれを机の上にそっと置いた。

「もう大丈夫です」

「あ、はい」男は愛理のほうに向きなおった。

「その窓から出てください。私は玄関から出ます」

メモ用紙を見られたくなくて、男を促した。男は言われるがまま、靴を用意し、以前と同じように庭の木をつたって下りて行った。塀の外に出たことを見届けてから、愛理は静かに部屋を抜け出し、玄関で靴を履いて家から抜け出した。

※

日の出前の外はうす暗かった。遠くで車の音が聞こえる。所々に設置された街灯や道端の自販機が煌々と光り、誰も居ない夜道を不規則な間隔で照らしている。街並み全体がおもちゃの夜空のように見えた。上を見ると本物の夜空には一等星がまばらに散っていた。指でつまんで持ててしまいそうな、緩い弾力のある空気が街全体を覆っている。愛理は胸いっぱいに空気を吸い込んだ。

街の空気が昼間とこうも変化することを知らなかった。何もかもが今まで見ていた景色から雰囲気を変えて、影の中にぼんやりと浮かんでいる。大人は勉強や我慢は教えてくれるが、こんな素敵なことを教えてもらったことはない。健全で正しいことだけをしていては絶対に知り得ないことを、ほんの少し知ることができた気がした。

塀の向こう側から男が出てきた。部屋の中に居た時とは違い、帽子の上からフードを被っている。

「あ……そちらから出てきたんですね」

「靴は玄関にありますし」

「それもそうですね」

静かな街に話し声が反響して、二人とも声を潜めた。砂利道を歩く音でさえ、スピーカーで拡張されているくらい大きく聞こえる。今大声を出したら隣町のその先まで届きそうだ。

「あの、どこへ行くんですか」

「行きたい所、ありませんか。見ておきたい場所とかでも。貴女の行きたい所に行きましょう」

「え、急に言われても……別にどこでも」

愛理は返答に詰まった。日頃外出先の情報を気にしたことがない。行きたい場所と言われても、そもそもどんな場所があるのかさえ知らない。

「困りました。僕……そういう情報に疎いので」

男は悩みながら隣を歩いている。ありきたりで無難な場所が頭に浮かんだ。

「……海、ですかね」

「海ですか」

「遠いですか？」

「大丈夫だと思います。行きましょうか」男の歩調に迷いがなくなった。

「あ、はい」

「……海、好きなんですか」歩きながら男が訊ねた。

「別に。定番だし、都合いいし」

「都合がいいって、なんですか」

「こっちのことです」

もし男が殺してくれなくても、自分で海に飛び込むこともできそうだと密かに目論んでいた。

「そうですか……」

男はそれ以上何も言わなかった。

そこから駅を目指して歩いた。防犯カメラに写ってしまえば足取りがバレてしまう可能性はあるが、男も愛理も、他に移動手段がないという結論に達した。

「家に行けば車は有りますけど、貴女が居ないことにご家族がいつ気付くか分かりませんから。急ぎましょう」

「たぶん、しばらくは気が付かないと思いますけどね」

「歩くの、疲れませんか?」

「平気です。あなたこそ、歩くの疲れるんじゃないですか」

「はは。そうですね。年々体力が落ちて大変です」

提灯のような、ぼんやりとした街灯の下で、男が薄い笑みを浮かべた。男の横顔に絵画のような影が落ちて存在感を浮き上がらせた。急に、隣の男が近いような気がして、距離を保つように歩いた。数日前に家に侵入してきた男と、今こうして並んで家を抜け出している。愛理の心臓がいつもより早く動いていた。

「こんな早かったらきっと、電車も動いてないですね」

気を紛らわせようと質問をした。お互いの足音が揃ったり乱れたりを繰り返している。

「着く頃にはもう始発が動いてますから。大丈夫です」

「始発って……え、もう?」

「はい。駅に行けば人も居ますし、電車も動いてると思いますよ」

「こんな時間から……?」

「知らなかったんですか?」

「はい。……こんな早くからなんて、大変。可哀相ですね」

今まで始発の時間なんて考えたことが無かった。せいぜい、六時過ぎくらいからだと思っていた。

「可哀相……」男は小さい声で呟いた。

「何か可笑しいですか」

「いえ。ただ、貴女が言うと、なんだか……」

「こんな時間から働くとか、どう考えても大変じゃないですか。そういう人見てると、お前も将来同じように、色んなものを犠牲にして働けよって言われてる気がして」

「誰もそんな風には思ってないですよ」

「知ってます。考えすぎだって」

男は口を開きかけたが、何も言わずにまた閉じた。

「あ、ほら、駅が見えてきましたよ」

「あ……はい。遠くまで行く電車があるといいんですけれど」

改札を通り駅の中に入った。駅の中は見たことがないくらい閑散としていた。駅員室に座る駅員が眠たそうに欠伸をしている。

男と愛理は一番先に来る電車に乗った。ホームに入ってきた電車にはまばらに乗客が居た。二人は誰も乗っていない車両を選んで乗った。

車窓から見える空は朝日が昇りかけていた。赤みがかったオレンジの光が、向かいの窓から顔を照らした。太陽は見る見る昇っていく。電車はどんどん走っていく。ガラス窓の外に見える電線が、波のようにうねっている。

どうして朝と夕方の太陽の光は赤いのだろう。日中の光は白なのに。車両の座席に座りながら、ぼんやりと考えていた。隣に座る男はじっと前を見つめて黙っている。しばらく乗っていると、聞き覚えのある大きな駅で電車が止まった。

「降りましょう」男は席から立ちあがった。

「あ、はい」

慌てて愛理も立ち上がった。降り立ったホームには、仕事に向かうサラリーマンが数人電車を待っていた。一様にスーツを着て、目の下にくまを作り、エネルギーが抜け落ちた顔をしている。ゴム人形のような人達を横目に、ホームから階段を上がった。

「大きな駅ですから、いろんな路線が通っています。ここからなら、大体どの方面でも行けます」

男は階段を上がりながら、独り言のようにそう説明した。ズボンのポケットから携帯を取り出すと、素早い手つきで画面を操作しだした。

「近くの海、見つかりました」

「あ、はい……」

男は携帯を見つめながら歩みを進めていく。今までよりも速足で、後ろを歩く愛理を振り返ることもない。

「まず私鉄に乗って、途中の駅でまた乗り換えです」

携帯をしまい帽子をより深く被った。人が少ないとはいえ、追いつくのがやっとの速さで歩く男の後を、置いて行かれないように追いかけた。

駅の一番奥にある、誰も居ないホームで電車を待った。並んでホームのベンチに座る二人の間に、早朝の軽やかな風が吹いた。「風、気持ちいいですね」と男が呟いたきり、お互いに会話もないままだった。

電車が来ることを告げるアナウンスが響いた。ホームに居る人に向けて繰り返し注意を促してくる。無機質な音声で白線の内側に下がるように言われると、逆に思い切り飛び越えたらどうなるのか試したいような気持ちになる。

壮大な音を響かせ、電車がホームに到着した。長いこと油を差していないような金属音が反響する。いくつかの空の車両が流れていき、ドアが開いて電車に乗り込んだ。

可愛らしいメロディを鳴らし、大きく傾いで電車が動き出した。身体が重力に引っ張られる。様々なやかましい音をさせながら電車が速度を上げていった。

「あの……聞いてもいいですか」愛理の声が電車の音に混ざって溶けていく。

「はい」

「なんで、私を殺せないんですか」

「殺す理由がないからです」

「殺さない理由もないですよ。お金もらえるし、知らない相手なんだから」

「貴女には沢山の未来があるんです。それを奪うなんて」

「そういうのはいいです」

「貴女は死ぬべきじゃない」男はそれしか言わなかった。

「答えになってない。死ぬべき人間なんて、初めからこの世に居ないんです。……なんで急に、速足になったんですか」

「え？」男は愛理の横顔を見た。

「さっき、駅で」

「あ、すみません。人目に付きたくなかったので」

「……ふうん。追いかけるの大変でした」

「気を付けます」

外ではいつのまにか太陽の光が白色に変わっていた。朝の街並みが良く見える。知らない街の知らない路地で、知らないおじいさんが部屋着のまま自転車を漕いでいる。何も知らずに自分の日常をつつがなく送っている無防備な背中。傍を走る電車の中からこんな風に観察されているなんて思いもしない。愛理は通り過ぎていくその後ろ姿を見送った。

途中、動物の名前が入った駅で電車を降りた。大きな駅ビルがあるわけでもなさそうなのに、十代くらいのカップルや老夫婦が駅からどこかへ向かっていた。わけを尋ねると、ここは有名な神宮があるらしいと、男が教えてくれた。男が指さす方角を探すと、駅から続くゆるく長い坂道の上に、赤い鳥居の頭の端が見えた。

聞いたことのない名前の路線に乗り換え、また電車に揺られた。家を出てから随分時間が経っている。携帯を見ても、電話もメールも来ていない。両親はまだ、娘が家を抜け出していることに気が付いていないようだ。普段から朝が早いタイプではない。気が付かないでいてくれるほうが好都合だ。何駅か過ぎると見える景色は建物が減っていき、終点の二駅手前で男に促されてホームに降りた。

そこは小さな無人駅だった。自動改札機もなく、木材で建てられた山小屋のような駅舎だ。電車から降りた瞬間、潮の匂いがした。本当に、海の傍まで来たのだと実感した。海からの風が遠慮なく髪の毛を巻き上げる。途中の駅のホームで感じた風とはまた違った、ベタつくけれど気持ちのいい風だった。目的地が近いことを感じ、じんわりと体温が上がってきた。

「海の匂いですね。浜辺まで行きましょうか」

男はフードを外して帽子が飛ばされないよう押さえながら、潮の匂いがする方向を見つめていた。

二人は駅から出て脇にある細い坂道を下った。道の左右には無造作に雑草が生い茂り、愛理の背丈を超えようとしている。ゆるくカーブした道を歩いて行くと、コンクリートの道路から砂混じりの道へと変わっていった。二人分の足音が揃うようになった頃、カーブの終わりに辿りつき視界が開けた。

目の前に奥行きが測れないほどの淡い青が広がった。遠くの方から優しい波音が運ばれてくる。浜辺はクリーム色の砂で埋め尽くされ、所々に草が生えていた。久しぶりに訪れた海は、昔よりずっと広く感じた。

「大きいですね」

「はい」

「人、居ないですね」男は波打ち際へと歩いて行く。

「朝早いし。シーズンもまだ先ですから」

子供のように、男の足跡の上をなぞりながら後についた。愛理は砂浜に横たわっている倒木を見つけ、そこに座ろうとした。

「あ、ちょっとすみません」男が上着を脱ぎながら近づいてきた。

「はい？」

「服が汚れるので。使ってください」

男は倒木に上着を被せ、その上に腰を落とした。

「え、でも……」

「いいんです。安物ですから」

「じゃあ……」

男に倣って愛理も上着の上に座った。駅で感じていたよりも強い風が当たる。時々風に煽られた髪が顔に張り付き目の前が見えなくなった。

「思ったよりも、遠くに来ましたね」

「そうですね」

「ご家族から、連絡は無いですか」

「大丈夫です。きっとまだ、寝ているんだと思います」

「そうですか……」

お互いに黙ると無言の隙間を波の音が埋めてくれた。新しい発見だった。海では、気まずい沈黙を気にしないで済む。

「あの……」男が再び喋りだした。

「はい?」

「何故そんなに、死にたいんですか」

男のはただ海を見つめていた。

「……理由なんかないです」

「本当ですか?」

「……そんなこと言われたって、理由がなくちゃだめですか」

「いつからそういうこと、考えてたんですか」

「あなたが部屋に来た時。押さえられて、包丁が見えて、死ぬかもって。そうしたら、それって名案だって閃きました」

男は愛理に顔を向けた。

「……僕のせい、ですか」

「たまたまそうなっただけです」

「あの、辛いなら、誰かに相談とかは……?」

真っすぐにそう尋ねてくる男に、愛理は笑いそうになるのをお腹で堪えた。なんて愚問だ。

「だって、誰に相談するんですか」力を入れた腹筋が痛い。

「それは……。ご両親とか、友達とか」

「そんな人達とは、縁が無いですね」

「今からでも、相談できるような人が居れば、きっと……」

「……もう、どうでもいいじゃないですか」愛理は大きく伸びをした。

「……すみません」

「別に、死にたくなるほど辛かったことなんてないです」

「でも貴女はこうして死のうとしている」

「私にも、なんでだか分かりませんよ」

「……簡単に答えられるものじゃ、ないですよね」

「適当なこと言わないでください」

「いや、そんなつもりは……」

「どうせ馬鹿にしてるくせに」

「そんなことありません。なんであれ、大変な思いをされていたと思いますので」

ありふれた言葉だが、そんなことを言われたのは初めてだった。喉の奥にこみ上げかけてきたものを無理矢理押し込め、大きく鼻をすすった。

「私は……」言葉を続けたいのに、上手く言葉がでてこない。

「自分の辛さを誰かと比較してもそれは無意味です」

「そう……ですね」

「……貴女が苦しんでいたとしても、僕は何もできない」

「はい」愛理は初めから、そんなことを期待しているわけではなかった。

「貴女が言っていた、一生助けることができるのかというのも、難しいと思います」

「はい」

愛理は大きく頷いた。誰だって、赤の他人を助けるよりも大事なことがある。

「だから、せめて僕が今、貴女のためにできることをします」

横から男の腕が伸びてきて愛理の身体に触れた。愛理が振り向くより早く、男は腕を掴み、愛理のバランスを崩した。勢いよく腕を横に引かれ、あっけなく砂浜の上に倒された。身の詰まった鈍い音と同時に背中に痛みを感じ、状況を理解した時には、すでに男の顔が上にあった。

仰向けで砂浜に押し付けられ、男の手足が愛理の身体を押さえつけて動けない。一瞬のことであっけにとられたが、恐怖心や逃げ出したいという気持ちは無かった。それよりも、男の後ろに広がる綺麗な青空に目を引かれた。

明るい光を浴びた青と白のコントラストとは反対に、逆光で見る男の顔は、陰気で薄幸な印象を受けた。笑いも怒りもしない、かすかに悲しげな表情。長めの髪がすだれのように顔にかかり影の色を濃くしている。

「……押さえつけられるの、二回目ですね」

黙ったまま男の両手が、指先から滑らせるように愛理の首に触れた。八本の指が左右から首を囲み、二本の親指が喉の真上を探る。男のかさついた手と体温が愛理の肌に張り付いた。指の位置が決まると、徐々に力が込められていった。愛理の喉に男の指がめり込み、体重がゆっくりと乗せられていく。それに合わせて愛理の身体は砂浜に沈み込んでいった。覇気のない表情とは裏腹に、抗えない圧倒的な男の力を感じた。最初に押さえつけられた時とは全く違う。外側から気管を絞められているせいで息はとても苦しかったが、他人の体温と重みを感じることは案外悪くない気がした。首を絞めながら男が話し始めた。

「ずっと考えていました。ここに来るまでの間。どうやって貴女を止めるか。どうやったら説得できるのか。でも結局、僕には何をしたらいいのか分からなかった」

愛理も声を発してみようとしたが、塞がれた喉からは弱々しい空気漏れのような音しか出せなかった。

「僕は通りすがりの、たまたま出会った人間で、貴女に関与できることにも限界がある」

愛理はきつく目を閉じた。心臓が身の危険を感じて動きを速めている。勝手に身体が暴れてしまいそうだ。強い衝動を懸命に抑え、意識が遠のいてくれるのを待った。

途中でふと、買ってあったロープが鞄に入っていることを思い出した。どうせなら使って貰ったほうが、買った甲斐がある。無理矢理目を開け、念を込めて男を見つめた。目は合ったものの、男は愛理の訴えに気が付くことなく話を続けた。

「正直、本当は逃げようかとも思いました。でも、貴女を放っておくこともできなかった」

男の手にさらに力が入った。愛理は砂地に爪を立てた。思いきり引っかきたいのに、砂は手の動きに合わせて従順に形を変えた。苦しさを紛らわせることもできず、爪の隙間に砂が挟まり嫌な思いをしただけだった。

次第に、生き延びろという本能が危険信号を送り始めた。脳内の血管がパンパンに膨れて気持ちが悪い。苦しさに自然と足が上がり、心地良かった波音が聞こえなくなっていく。代わりに低い耳鳴りが奥のほうで鳴り始めた。手先も痺れて感覚が無くなってきた。

脳がしきりに叫ぶ『逃げろ』という指示を意志の力でねじ伏せ、男に身を委ねた。

「本当は貴女みたいな人見ていると、イライラするんです。子供で、守られている立場のくせに。悲劇の主人公きどりで自力で状況を変える努力もしない。ただ誰かが助けてくれるのを待つだけで、非常に不愉快だ」

目を開けていることも難しくなってきた。視界が狭く暗くぼやけていく。男の表情も霞んでしまって、黒い影が覆い被さっているようにしか見えない。男は今、どんな表情をこちらに向けているのだろうかと想像した。

水の中に沈んでいくように、意識が遠くなっていくのが分かる。眠りに落ちていく感覚に近かった。愛理が想像していたよりも早く、限界は近づいていた。

「聞こえていますか！　まだだめです」

愛理の様子を察したのか、顔を近づけ大声で呼びかけた。その声は愛理の耳にわずかに届いた。首を絞められながら身体を大きく揺さぶられ、なかなかすんなり意識を手放せない。

力を入れようとしても、もう指一本動かすことができなかった。どうしてこのまま終わらせてくれないのか。愛理の気持ちをよそに、男の口調が徐々に熱を帯びてきた。

「それでも、偶然でも、僕は貴女と出会ってしまった。貴女を見てしまった、貴女の声を聞いてしまった。貴女という生きた人間に確かに触れたんです」

男が前かがみになり、重みが愛理にのしかかった。全身が圧迫されて骨が軋んでいる。もう目も耳もほとんど機能していない。反応のない愛理に向けて男は話し続けた。

「その感覚はずっと残っています。僕は貴女を殺したくない。死んで欲しくもない。二度と会うことがなかったとしても、生きていて欲しいんです。貴女は死んじゃいけない、だから」

男の指が食い込み愛理の首に埋もれた。

「言って！　死にたくないって言っていいんです！　生きようとしてください！　僕を殴って、蹴って、突き飛ばして！　されるがままじゃだめなんです！　生きて！　生きて！　なんでもいい！　生きていてください！」

男の言葉が終わらないうちに、愛理の携帯が鋭く鳴った。

その音に驚き、ほんの一瞬だけ男の手が緩んだ。

同時に、緩んだ隙間から抑えつけたものが溢れ出し、愛理の中ですべてを塗り替えた。

死んじゃう。

恐怖心と生きろという本能が急速に駆け巡った。瞬時に身体の隅々まで支配し、その瞬間、意志とは関係なく身体が動いた。考える間もなく、足が男の腹を押し上げ、手が肩を掴んだ。しまったと思った時には、愛理は力を込めて男を押しのけていた。

男の身体が剝がれ、不安定に揺れて尻餅をついた。

自由を取り戻した愛理は激しく咽せながら呼吸を繰り返した。砂浜の上でお腹を丸めて横たわった。体内が正常になろうとしている。酸素を得た心臓と脳が急速に動きだした。渇ききった身体に水分が染み渡っていくように、空気が身体全体に供給されていく。普段意識することのない酸素の必要性を強く感じた。頭がぐらぐらして、地球が常識では考えられない方向に回転している。

呼吸をして空気が通るたび、気管がちりちりと刺したように痛んだ。苦しくて目に涙が溜まる。身体を起こすこともままならない愛理をよそに、着信音はまだ鳴り続けていた。

「……生きて、ますか」男は愛理の顔を覗き込んだ。

愛理は男に目配せをするだけで精一杯だった。

「あ、これ……」

男は倒木に敷いていた上着を手に取り、丸めて愛理の頭の下に敷いた。即席の枕を用意すると額の汗を拭って愛理の隣で砂浜に座った。それから少しして執拗に鳴り続けていた着信音が止まった。主張の激しい音が消えると、その落差に静けさが際立った。浜辺に愛理の呼吸音が響いている。男は傍らで様子を見守っている。浅く激しい呼吸が続いた。息を吐くたびに砂の粒が遠くへ転がっていった。

「あと、ちょっとだった、の、に」

誰に言うでもなく呟き、男の顔が見えないように身体を丸めた。自分を責める言葉が雪崩のように頭の中に押し寄せてきた。

死ぬんじゃなかったのか。死にたがっていたはずの自分が、何故こうして未だに呼吸をしているんだ。死にぞこないめ。馬鹿じゃないのか。ほんの些細なことで生きるという本能に負けてしまった。自分で望んだはずなのに、こんな壁すら乗り越えることができない。中途半端なままで、なんて無様だ。

もう一度、自分を殺してやりたかった。両目から一滴ずつ涙が零れた。鼻を伝って落ちた雫は砂地に吸い込まれた。

「逃げてくれて良かった。よく頑張りましたね」男は静かに語りかけた。

「……私がそうしたんじゃない」

涙で赤くなった目を腕の中にうずめた。震えた声を聞かれたくなくて唇を噛んだ。

「本当に、間に合って良かった」

「良くない、全然良くなんかない……」

「無事なようで安心しました」男の声と波音が重なって優しく聞こえた。

「……最悪。本気なのに。本気で殺して欲しかったのに」

喋ると涙が口に入る。塩とは違ったしょっぱさと苦みが、肌で温められた味。どれだけ口にしても慣れることのない味。

「ええ、分かっています」

「ちゃんと準備もした……！」

「見ました、貴女の部屋」

「本当なんです、死んで良かった！　嘘じゃない。嘘じゃないのに、どうして！」

振り上げた拳は、弱々しく砂浜の上に落ちて砂に窪みを作った。涙と悔しさが止まらない。

「分かろうとしました。貴女がそこまで死にたいと思う気持ちを。でも、どれだけ考えても、分かりませんでした。想像はついても、理解ができないんです」

おじさんは悪くないよ、他人の気持ちなんで、分かるはずないもの。そう伝えたかったが言葉が詰まって出てこない。愛理は声を上げず泣き続けた。閉まりきらない蛇口のように、目から涙が漏れ出した。

「きっと、貴女の思いは、誰かが心から理解できるものでも、無責任に否定していいものでもない。僕が死んで欲しくないと願うことも、貴女を無視した無責任なエゴで、貴女に死にたいと思わせた『何か』とそう違わない。そう思ったんです。そうしたら、貴女を止めることはできなかった」

　愛理は腕の中から男の顔を覗いた。男の気弱そうな目が、こちらを見ていた。愛理の視線に気が付くと、男の目がわずかに細くなった。その仕草の意味は分かるような気がしたが、どう反応したらよいか分からずに気付かないふりをした。

「……何が言いたいんですか」

「首を絞めてしまいましたけど、それでも、死んで欲しくはなかったんです」

「……どうしてですか。私のこと嫌いだから、嫌がらせですか」

「いえ、すみません。あれは、その、そういう意味じゃないんです」

　男はすまなさそうに眉を下げた。

「なんですか、それ」

「貴女の意識が無くならないように、気を引けることを言おうとして……。よく考えもせずあんなこと言ってしまって……」

「そんなの、どうとでも言えるじゃないですか」

「本当に違います。とにかく貴女を引き留めておこうと僕も必死で」

「だって途中で力抜いたじゃないですか」

「急に携帯が鳴ったから……」

「嘘。最初から死なない程度でやめるつもりだったんですよ」

「貴女が抵抗しなければ途中で手を離すつもりもありませんでした。それが、貴女への誠意だと思ったので……」

「……どうだか」

ぶっきらぼうに返しても、本当は疑ってなんていなかった。おそらく本心を話してくれているのだろうと分かっていた。けれどそれを簡単に飲み込めず、駄々をこねるしかできなかった。

「できれば、信じてもらえると嬉しいです」

「変なの。殺したくないのにあんなことするんですか？　普通じゃない」

「そうかもしれません」

「なんのメリットもないじゃないですか」

「……無条件で他人の力になろうと思う人間だって、ゼロじゃない」

男は静かに口角を上げた。笑っているのに笑ってないような、不自然な笑みだった。

「……いつもそんなお人よしなんですか」

「そんな、ただの甲斐性もない男です」男の瞳が寂し気に歪んだ。

「そのままだと、いつか絶対に痛い目みますよ」

社会は、勝ち上がっていける人間に味方をするよう出来上がっている。十八歳の愛理でさえ知っている世の中の仕組みだ。

「心配してくれてるんですか。優しいですね」

「……嬉しくない」

「ありがとう」

男は海から吹く風を、避けることもなくじっと受け止めていた。髪が乱れようと気にしていない。それを見ていると、今までのことが全部嘘で、二人して日向ぼっこにでも来たような気になった。

「なんでそんな風なんですか。私はあなたをお金で釣って利用しようとしたんですよ」

「貴女のお陰で、そうならずに済みました。ありがとうございます」

「……普通は、お礼言わないです」

「変ですか……？　でも本当ですから」

「私は……そんなに穏やかで居られない」

「どうしてですか」

「だって……どうしていけばいいのか分からない」

愛理は限界まで膝をお腹に寄せてうずくまった。頬に砂が張り付いて、新しく買ったTシャツも汚れてしまっている。

「無理しなくても、貴女がしたいようにすればいいんです」

「……できるなら、やってます」

「貴女が、我慢をしなくて済むようになればいいんですけれど」

男が横目で愛理を気にしているのが気配で分かった。

「そんなの無理です」

男の語る理想が自分には途方もないものに思えて、目頭が熱くなった。零れそうな涙を誤魔化すために、男の視線から逃れるように顔を背けた。

「じゃあなんで、そんな泣きそうなんですか……」

「知らない、そんなの。泣いてないし……」

愛理の声はとても小さく、波音に消されてしまいそうだった。海を見ると、遠くのほうでヨットが一隻波に揺られていた。

「そうですか」

男は柔らかい笑みを見せた。今までみた数回の笑顔のなかで、一番笑顔らしい笑顔だった。

「意味分からなすぎて逆に、泣けてきますよ……」

愛理は感情を堪えるのが限界が迫っていた。

「泣いてもいいんですよ」

男は上半身をひねり愛理の腕を取った。身体を起こさせ、愛理の頭を自分の肩に引き寄せた。男の肩に愛理の額が触れた。近づいた男からは、人間の匂いとぬるま湯のような温かさが流れ込んできた。その温かさに我慢ができず、男の肩に顔をうずめて声を上げて泣いた。自分でも聞いたことのない情けない声だった。いくつもの矛盾だらけの感情が溢れた。

もういいよ、と許されたくて、でも誰も許さないで欲しかった。認めてほしかったくせに、否定され続けていたかった。諦めたかったのに、諦めきれなかった。願っていたくせに、叶わないで欲しかった。色んなものに対して不満を持つことで、自分を守る殻を知らず知らずに作っていた。望みが叶ってしまえば、自分を守るものを失ってしまうような気がした。殻を持たない自分はあまりに、無防備で、弱くて、怖かった。怖くて、一人では立ち向かうのはとても恐ろしいことだった。

声をあげ泣きながら、力任せに砂浜を叩いた。到底勝てるわけではないが、何度も拳を振り下ろし、痛みの中に感情を溶かそうとしていた。

時々泣きすぎて息が詰まると、男が優しく背中を叩いてくれた。赤の他人のはずで、何者でもないこの男が今、誰よりも理解しようとしてくれている。それが不思議でならなかった。

次第に涙は涸れていっても、感情の揺れは収まらなかった。静かな海辺に愛理の嗚咽が響いた。その声を聞いた男は「かもめの代わりみたいですね」とぽつりと言った。

どれくらいたっただろうか。愛理はすべてを吐き出し、からからになって泣き疲れた。熱でも出しそうな気だるさだけが身体に残っていた。

「……すみません」濁点ばかりの鼻声で男から離れた。

「気にしないでください。大丈夫ですか？」男は何の衒いも無く顔を覗きこんできた。

「はい……すみません」

愛理は男の隣でできるだけ小さく体育座りをした。

「謝ることはないです」

「でも、肩濡らしちゃいました」

「すぐ乾きますよ。太陽も出てますから」

「……すみません」

「海に来て良かったです。静かで広くて。濡れても乾きますし」

「別に、深い意味は無かったんですけど」

「海苦手だったんですけど、好きになれそうです」

「そうだったんですか？　言ってくれれば他の場所でも良かったのに」

「いえ、今日来れて良かったです」

「お人よしですね」

「……もう、大丈夫ですか」

「さあ。どうでしょうね」

「死にたいとは……思わないですか」

「……分からない。今までみたいな衝動は無くなっちゃいました」

愛理は膝の上に頭を乗せた。

「そうですか」

「誰かさんのせいです」

「貴女の家に入った甲斐がありました」男は安心したように言った。

「そういえば。通報してもいいですか」

「え、いや、そんな。謝りますから」

男は動揺しながら頭を下げた。

それを見て愛理は笑った。

「心配しなくて大丈夫です、言いません。冗談ですよ」

無茶な願いにここまで付き合ってくれて、涙で肩を濡らした相手を今さら通報出来るはずもなかった。絶対にこのことは誰にも喋らないと、心の中で誓った。

「ありがとうございます」

首を絞めていた時の力強さとは違い、男の様子は頼りなさげに見えた。手持ち無沙汰な愛理は近くの砂を手に取って遊んだ。

「……でもまた、死にたいと思うことがあったら、その時は、お願いします」

「僕で良ければ。また説得します」

「それじゃだめですよ。次失敗したら、今度こそ自分で海にでも飛び込みます」

「なら、そうなる前に説得しないといけませんね」

「どうしてそこまでするんですか」

「理由ですか？　……貴女の笑った顔、素敵だったので」

「ええ……おじさんに言われてもなあ」

「それは申し訳ない」

楽しそうに笑ったその笑顔を、愛理はいつか正面からちゃんと見てみたいと思った。

それから二人並んで、静かに波を見ていた。日が昇り海の様子も変化している。

確かな圧力をもって、穏やかに押し寄せる波が紺とも群青とも言えない色できらきらと光っている。浜辺に着いた時よりも、一段と海の色が濃くなっていた。押しては引いていく波の動きは見ていて飽きがこない。ちっぽけな自分一人くらいあっさりと受け入れることができるその広大さに、偶然を装って飲み込まれてしまいたくなる。

「そういえば貴女の携帯、鳴っていましたね。親御さんじゃないですか」

「あ……たぶんそうだと思います」

「これからどうしますか」

「ずっとここに居られないし……帰るしかなさそうですね」

砂地に放り出された鞄を手繰り寄せ、携帯の着信履歴を見た。思った通り母親からの着信だ。メッセージも数件届いている。『どこにいるの?』『何しているの?』『返事しなさい』どれもそんな内容だった。

「親からです」

「帰ったらきっと怒られますね」

「おじさんのことは絶対言いませんから。私、電話してから帰ります」

「あ、はい。そうですね。じゃあ僕は先に」

愛理は下敷きにしていた上着を払い、砂を落として男に渡した。

「あの、……ここまで、ありがとう……ございました」

「いえ……。それじゃあ」

上着を羽織り、愛理に軽く会釈をした。そのまま振り返り男は歩きだした。

「おじさん」

「はい？」

「えっと、その。……あ、そうだ。お金渡してないです」

男の表情が一瞬固まったように見えた。

「あ、いや……大丈夫。お金はなんとかなります」

口角を上げて笑顔を見せたが、今度は強張った、硬い笑顔だった。

「親のは無理だけど、私の通帳ならあげられます」

愛理は鞄から自分名義の通帳を取り出し差し出した。

「いや、でも……」男は迷ったように通帳を見つめた。

「何かお返しをしなきゃ。それに、お金、あったほうがいいんですよね」

このやり方が正しいのか分からなかったが、何かの形で報いたかった。

「本当にいいんです。僕はもらってばかりですから」

「え、私何かあげましたっけ？」

「半信半疑で部屋を訪れた僕を、貴女は約束通り待っていてくれていた。貴女にとっては目的のためでしょうけど、嬉しかったんです。信じてくれたことが。それに、こんな情けない僕でも、まだ人に手を差し伸べることができるんだと分かった。ありがとう」

男は深々と頭を下げた。それは形式的なものではなく、心からの行動だと感じた。

「も、もう一つだけ。お願いしてもいいですか」

「なんですか？」

「一回断ったけど、やっぱり、名前教えてくれませんか」

「名前、ですか？」

「も、もし次があった時に、名前分からないと困るから……」

「そういえば、まだ言ってなかったですね。黛と言います」

「マユズミ？」

「はい。ちょっと、珍しいですよね」

「そうですね……」苗字を頼りに街中を探せば、また会えるだろうかと考えた。

「それでは、さようなら」

最後にもう一度頭を下げてから、男は再び歩きだした。歩いた砂浜に足跡が残っていく。

愛理は男の後ろ姿を見つめた。背を向けて遠のいていくその人が帰るのは、一体どんな家なのか。

男が見えなくなってから愛理は携帯を開き、着信履歴から母親の名前を押した。ワンコールですぐに電話が繋がった。待ち構えられていたのかもしれない。

「もしもし！　愛理！」母親の声だ。

「……もしもし」

「愛理、今どこに居るの！」後ろに雑音がしない。おそらく母親は家に居るのだろう。

「どこって……海」

「海？　どこの海よ！　なんでそんな所に。なかなか起きてこないから部屋に行ったらどこにも居なくて。どれだけビックリしたか分かってるの！　誘拐されたかと思って警察呼んだのよ？　お父さんも必死に走り回って探してるんだから！　帰ってきたらお父さんにお説教してもらいますから！　なにやってんの、早く帰ってきなさい！」

早口でヒステリックにまくしたてるその声には、批難の色がたっぷりと乗せられている。

勝手に家を抜け出したことが悪いことなのは分かっている。心配かけたということも理解はできる。母親の言っていることは正しい。こちらの話を聞こうともしない。愛理の中にどうにも抑えきれない不快感がこみ上げくる。これ以上一言でも声を聞きたくないと、思わずにはいられない。あの人を探す日が来るのは遠くないのかもしれない。そんなことを考えながらその場しのぎで謝ることにした。

「……ごめんなさい」

「ごめんじゃないわよ！　何したか分かってるの？　一体どうやって家を出たの。どうやって海なんかまで行ったのよ！　あとあなた、あれなによ。机の上に置いてあったメモ！」

しまった、帰らないつもりでメモを置いてきたんだ。ああ、どうやって説明しよう。

必死に頭を回転させ、うまい言い訳を考えた。

『私は乳飲み子でした』と書いたあのメモ。

完

著者プロフィール

那木 馨（なぎ かおる）

出身県：茨城県

血液型：B型

本書を手に取っていただき、ありがとうございます。手探りで書き始めた作品ですが、少しでも気に入っていただけたら幸いです。

粉ミルク

2020年12月15日　初版第１刷発行

著　者　那木 馨

発行者　瓜谷 綱延

発行所　株式会社文芸社

〒160-0022　東京都新宿区新宿１－10－１

電話　03-5369-3060（代表）

03-5369-2299（販売）

印　刷　株式会社文芸社

製本所　株式会社MOTOMURA

ISBN978-4-286-21676-8